나니아
나라를
찾아서

나니아 나라를 찾아서

글쓴이 홍종락·정영훈
펴낸이 이재철
만든이 정애주

편집 옥명호 이현주 한미영 한수경 김혜수
제작·미술 홍순흥 권진숙 서재은 최정은 조은애
영업 오민택 백창석   관리 이남진 박승기
총무 정희자 김은오   쿰회원관리 국효숙 김경아

펴낸날 2005. 12. 13. 초판 1쇄 인쇄
      2005. 12. 23. 초판 1쇄 발행

펴낸곳 주식회사 홍성사
1977. 8. 1. 등록 / 제 1–499호
121–885 서울시 마포구 합정동 377–9
TEL. 02) 333–5161 FAX. 02) 333–5165
http://www.hsbooks.com E-mail: hsbooks@hsbooks.com

ISBN 89–365–0708–7
값 9,500원   ※잘못된 책은 바꾸어 드립니다.

번역가와 평론가가 함께 쓴 《나니아 연대기》 해설

나니아 나라를 찾아서

홍종락 · 정영훈 지음

홍성사

차례

머리말

 C. S. 루이스라는 작가를 처음 접하게 된 것은 대학생 시절 함께 살던 선배의 책장에 꽂힌 《스크루테이프의 편지》라는 책을 집어 들면서부터였다. 그 책을 읽으며 '이런 걸 글로 표현할 수도 있구나'라는 생각을 했다. 악마의 입을 빌려 인간의 미묘한 감정선과 생각들을 짚어내고 기독교의 많은 메시지들을 역방향에서 전하는 그의 능력에 감탄하지 않을 수 없었다.

 그 후 루이스의 여러 신앙 저술을 접하면서 그의 치밀한 논리력에 거듭 감탄했고, 그것을 은근히 부러워했다. 그러다가 루이스가 쓴 동화도 있다는 것을 알게 되었다. 그것이 바로 《나니아 연대기》였다. 그 책을 보는 동안 마음이 참 포근하고 행복했다. '이런 책을 어릴 때부터 읽고 자라나는 아이들은 참 좋겠다'라는 생각까지 했을 정도니까. 책이 한 권 끝날 때마다 아쉬움이 밀려왔고 곧 다음 권을 집어 들었다. 창의적인 생각이라곤 할 줄 모르고 상상력이라고 해 봐야 어릴 때 읽던 만화 스토리와 이미지들을 합성하는 것이 전부인 내게 유려한 문체로 아름답게 형상화된 루이스의 탁월한 상상력은 놀라움 그 자체였다.

치밀한 논리력과 자유분방한 상상력의 절묘한 조화, 이것이 내가 C. S. 루이스에게서 보았던 미덕이다. 어떤 면에서 그것은 그때까지 내가 기독교 신앙에 대해 품던 일말의 우려와 의심, '기독교 신앙이 과연 사람을 비논리적으로 만들고 상상력을 빈곤하게 만드는가?'에 대한 답이었다. 나는 C. S. 루이스의 글에서 기독교 신앙이 사람의 상상력을 해방시키고 결과를 두려워하지 않는 지적 정직함과 논리성을 갖게 할 수 있다는 실증을 발견했다.

이 책을 구상할 때의 원래 의도는 이런 것이었다.

'많은 사람들이 《나니아 연대기》를 재미있게 읽고 나서 참 유익했다고 말한다. 그런데 거기서 끝이다. 나니아를 통해 많은 생각할 거리와 삶의 통찰들을 배울 수 있고 나눌 수 있을 텐데, 그렇게 하는 사람이 드물다. 하지만 그런 '소스'를 제공할 수 있다면 훨씬 유익하지 않을까?'

한마디로, 나니아 이야기를 읽는 사람들이 함께 생각하고 토의할 수 있는 가이드, 하다못해 그럴 '거리'라도 제공하자는 게 이 책이 추구하는 바다.

나니아 이야기를 읽다 보면 성경의 어떤 구절이나 특정 사건이 연상된다. 물론 나니아의 많은 부분이 성경에서 영감을 얻어 쓰였지만 그것을 다시 성경으로 치환시켜 섣불리 풀어 버리는 것이 정당할까, 그것은 너무 '기계적인' 접근이자 나니아 이야기가 갖고 있는 장점을 무화시키는 것이 아닐까 하는 생각이 들었다. 그래서 우리는 성경 구절을 일대일로 대입하는 방식은 피하기로 했다. 이야기 자체의 틀과 논리 안에서, 그 안에 나오는 사건을 통해서 논의를 전개해 나가기로 했다.

어떤 면에서 그런 생각을 하게 된 것은 기존의 저서들(영미권에서는 그런 서적들이 상당히 나와 있다)이 이미 나니아 이야기에서 성경의 메시지를 읽어 내고, 그것을 다시 성경공부의 소재로 삼는 저술방식을 택하고 있기 때문이기도 했다. 결국 《나니아 연대기》 자체의 전개방식과 논리에 충실한 글을 쓰자고 한 우리의 글쓰기 방향은 사실 '우리만' 쓸 수 있는 글을 쓰자는 말에 다름 아니었다. 우리가 읽고 느낀 바를 나름대로 일관성 있게 정리하면 그 자체로 밀도 있는 글이 나오리라는 확신이 들었다.

이 책은 크게 2부로 이루어져 있다. 1부에서는 홍종락이 '아슬란'과 '나니아' 라는 두 주제어를 양바퀴로 삼아서 《나니아 연대기》 7권 전체를 내달려 보았다. 2부에서는 정영훈이 각 권을 살피며 중요한 맥을 짚어 나갔다. 《나니아 연대기》를 읽은 사람들을 1차 독자로 상정했으나 그렇지 않은 사람들도 재미있게 읽을 수 있으리라고 생각한다. 원작을 읽었던 독자라면 다시 한 번 읽어 보고 싶은 마음이 생기고, 원작을 아직 접하지 않은 독자라면 이 책을 통해 원작을 직접 읽고 싶은 마음을 갖게 되기를 기대한다. 그리고 이 책이 두 부류의 독자 모두에게 나니아 나라 이야기에 담긴 메시지를 생각하고 나누는 소재와 계기를 마련할 수 있다면 좋겠다.

프롤로그

《나니아 연대기》(*The Chronicles of Narnia*)는 〈마법사의 조카〉, 〈사자와 마녀와 옷장〉, 〈말과 소년〉, 〈캐스피언 왕자〉, 〈새벽출정호의 항해〉, 〈은의자〉, 〈마지막 전투〉 등 일곱 권의 작품으로 되어 있다. 각각의 작품은 그 자체로 완결된 이야기를 가지고 있는 동시에 전체적으로는 하나의 큰 이야기를 이루고 있다. 동일한 인물이 여러 작품에 동시에 등장하기도 한다. '연대기'라는 단어에 이미 함축되어 있는 것처럼 《나니아 연대기》는 나니아 나라가 창조되고 종말에 이르는 동안의 이야기를 다루고 있다. 각각의 책은 바로 이 기간에 있었던 일들의 기록이다.

각 권의 대략적인 내용은 다음과 같다.

〈마법사의 조카〉는 디고리라는 소년이 외삼촌이 만든 마법의 반지를 끼고 폴리라는 소녀와 함께 '세계와 세계 사이에 있는 숲'을 거쳐 나니아로 가면서 펼쳐지는 이야기를 그리고 있다. 디고리와 폴리는 폐허가 된 찬 왕국에서 마녀인 제이디스 여왕을 만나고, 제이디스와 함께 우리 세계에 와서 한바탕 소동을 벌인 끝에 다시 '세계와 세계 사이에 있는 숲'을 거쳐 신생 국가인 나니아로 가게 된다. 위대한 사자 아슬란은 말하는 동물들을 창조하여 자유로운 백성으로 살아가도록 하고 인간 왕에게 이들을 다스리도록 했지만, 나니아는 제이디스로 인해 시작과 더불어 악의 세력에 노출되고 만다. 이에 아슬란은 디고리에게 생명의 사과를 따 오게 한 후에 그 열매를 심고 나무를 자라게 하여 나니아를 보호하도록 한다. 아슬란은 또한 디고리에게도 열매 하나를 주어 디고리 엄마의 병을 낫게 한다. 한편 제이디스의 후손들은 줄곧 나니아를 위협하게 되는데, 《나니아 연대기》의 여러 이야기들은 바로 이들과의 대결로 점철되어 있다.

〈사자와 마녀와 옷장〉은 노년에 이른 디고리 교수의 집에 네 명의 아이들(피터·수잔·에드먼드·루시)이 찾아오면서 시작된다. 아이들은 디고리 교수의 집에 있는 옷장을 통해 나니아로 들어가게 되는데, 이때 나니아는 하얀 마녀의 통치 아래 고통스러운 삶을 살아가고 있다. 말하는 동물들은 아담의 아들과 이브의 딸에 관한, 오래 전부터 전해 내려오는 예언이 성취되어 아슬란이 돌아오기만을 고대하고 있다. 네 아이들이 나니아로 온 것은 바로 이 예언을 따른 것이었고, 곧이어 아슬란이 돌아와 마녀와의 전투가 벌어져 나니아에 평화가 돌아오는 듯이 보였지만 배신자 에드먼드를 구하기 위해 아슬란이 스스로 목숨을 내놓으면서 상황은 역전된다. 모든 것이 끝난 것처럼 보이던 그때 아슬란은 태초 이전의 심오한 마법에 따라 부활하고, 전쟁은 아슬란이 이끄는 나니아 군대의 승리로 끝난다. 이후 나니아는 왕이 된 네 아이들의 통치를 받으며 번영을 누리고, 어느 날 아이들은 홀연히 사라져 우리 세계로 다시 돌아온다.

〈말과 소년〉은 칼로르멘에 살고 있는 샤스타라는 소년이 노예로 팔리기 직전에 집을 도망쳐 나오면서 이야기가 시작된다. 샤스타는 말하는 말 브레, 중간에 일행이 된 아라비스(칼로르멘의 귀족 딸), 휜(브레처럼 말하는 말)과 함께 나니아를 향해 길을 떠난다. 나니아로 가는 도중에 이들은 무서운 사자에게 쫓겨 목숨을 잃을 위기에 처하기도 하고, 나니아와 아첸랜드(나니아의 이웃 나라)를 정복하고자 하는 칼로르멘 사람들의 음모를 알리기 위해 죽을힘을 다해 먼 길을 달리기도 한다. 이 모든 과정이 매우 힘들었지만, 이들은 결국 주어진 임무를 완수하여 나니아와 아첸랜드의 연합군이 칼로르멘 군대를 물리치는 데 큰 공을 세운다. 그리고 샤스타는 오래 전에 잃어버렸던 아첸랜드의 왕자임이 밝혀지는데, 그는 왕위계승자로서 장차 아첸랜드를 통치하게 될 것이다. 자신의 삶이 불행의 연속이었다고 생각한 샤스타는 아슬란이 매우 세심하게 자신을 보호하고 인도해 왔음을 고백하게 된다. 브레는 그토록 가고 싶어 하던 고향 땅 나니아로 돌아가게 되지만, 말하는 자유로운 동물로서 살아간다는 것이 무엇인지, 어떻게 행동하는 것이 올바른 것인지 몰라 당황스러워하기도 한다. 아마도 이런 고민은 그가 나니아로 돌아가서 살다 보면 자연스럽게 해결될 문제일 것이다.

〈캐스피언 왕자〉는 나니아가 텔마르 사람들에게 지배받고 있던 때의 이야기를 그리고 있다. 텔마르 사람들은 우리 세계 해적들의 후손으로, 나니아를 지배한 후 말하는 동물들을 쫓아내고 옛 나니아의 역사를 신화나 전설 속의 이야기로 만들어 버린다. 인간들의 눈을 피해 숲 속 깊숙한 곳에서 숨어 지내는 옛 나니아의 백성은 예언에 있는 대로 나니아에 번영을 가져왔던 네 왕이 귀환하여 나니아를 평화롭고 행복 가득한 나라로 되돌려 줄 것을 고대하고 있다. 그러나 시간이 지나면서 옛 나니아의 백성 가운데 배신자들이 생겨나고, 아슬란에 대한 믿음 역시 점점 퇴색되어 간다. 바로 이때 피터·수잔·에드먼드·루시가 나니아로 오게 된다. 이제 바야흐로 텔마르 사람들과 옛 나니아의 백성들 사이에 전투가 벌어진다. 미라즈 왕의 조카인 캐스피언 왕자도 나니아 편에 서게 되는데, 옛 나니아의 이야기에 관심이 많았던 그는 미라즈 왕에게 아들이 생기면서 죽을 위기에 처했다가 겨우 목숨을 건진 터였다. 전쟁은 나니아의 승리로 끝나고, 옛 나니아의 백성은 다시 옛 땅으로 돌아와 평화를 누리며 살게 된다.

〈새벽출정호의 항해〉는 왕으로 등극한 캐스피언이 미라즈 왕이 내쫓았던 일곱 명의 충성스러운 신하들을 찾을 겸 아슬란의 나라를 찾아 떠나는 항해의 과정을 그리고 있다. 에드먼드, 루시, 사촌인 유스터스가 이 항해에 동행하게 된다. 이들은 나니아의 배가 그려진 그림을 보다가 그 속으로 빨려 들어가 이 배에 오르게 된 것이다. 유스터스는 성격이 몹시도 고약하고 자기밖에 모르는 아이로 사람들에게 골칫거리 취급을 받는다. 그러나 추악한 용으로 변해 버린 자신을 보면서 그동안 자신이 얼마나 못된 아이였는지 깨닫게 되고, 그 후 아슬란을 만나 다시 원래의 모습으로 되돌아온다. 이 과정을 겪으면서 유스터스는 새로운 사람으로 다시 태어나는데, 그의 변화된 모습은 이후의 작품들에서도 만날 수 있다. 한편 새벽출정호는 온갖 모험을 겪으며 동쪽으로 항해를 거듭한 끝에 아슬란의 나라에 이르게 된다. 아슬란의 나라로 들어갈 수 있는 특권은 생쥐 리피치프에게만 주어지고, 일행은 나니아로 귀환한다.

〈은의자〉는 유스터스, 질, 마슈위글 퍼들글럼이 캐스피언 왕의 아들 릴리언 왕자를 찾는 과정에서 겪게 되는 일들을 그리고 있다. 릴리언 왕자는 뱀에 물려 죽은 어머니의 복수를 위해 숲 속 깊은 곳으로 들어갔다가 실종되고 마는데, 그를 찾기 위해 갔던 많은 사람들이 희생되자 캐스피언 왕은 오래 전에 아들 찾는 일을 포기한다. 아슬란은 질에게 릴리언 왕자를 찾기 위해 반드시 기억하고 따라야 할 세 가지 표시를 알려 주는데, 질이 매번 이 표시들을 놓치거나 잘못 기억하면서 일이 점점 힘들어진다. 이들은 우여곡절 끝에 마침내 릴리언 왕자를 찾게 되지만 이것으로 임무는 끝나지 않는다. 오랫동안 릴리언 왕자를 가두어 놓고 있던 마녀와 힘겨운 싸움을 벌여야 하는 상황에 놓이게 되는데, 마녀는 온갖 술수와 궤변으로 아슬란과 나니아에 대한 이들의 믿음을 흔들어 놓는다. 위기의 순간 퍼들글럼의 믿음과 용기가 빛을 발하고, 이들은 마녀를 물리친 후 릴리언 왕자와 함께 나니아로 귀환한다.

〈마지막 전투〉는 나니아 말기의 이야기를 그리고 있다. 나이 많고 영악한 원숭이 시프트는 어느 날 죽은 사자의 가죽이 떠내려 오는 것을 보게 되는데, 그는 어수룩한 당나귀 퍼즐에게 이 가죽을 뒤집어씌운 후 아슬란의 흉내를 내게 한다. 수많은 동물들이 여기에 미혹되고, 시프트는 아슬란의 이름을 참칭하여 말하는 동물들에게 강제 노역을 시키고, 신령한 나무를 베어 칼로르멘에 팔도록 한다. 나니아 백성들 사이에는 아슬란에 대한 의혹과 불신이 퍼져 나가고, 개중에는 아슬란을 거역하는 무리까지 생긴다. 퍼즐의 정체를 알게 된 나니아의 왕 티리언은 이 사실을 알리고 아슬란에 대한 믿음을 갱신하려 하지만 그 믿음은 회복되지 않는다. 시프트는 칼로르멘의 신 타슈와 아슬란이 같은 존재라고 주장하면서 그 신의 이름을 타슐란으로 명명하고 백성을 더욱 미혹케 한다. 그 후 아슬란은 나니아로 돌아오는데, 그를 따르는 무리와 아슬란을 거역하거나 타슈를 따르는 무리들 사이에 전쟁이 벌어진다. 전쟁은 아슬란의 승리로 끝나고 나니아의 역사는 종말을 고하게 된다.

1부

키워드로
찾아가기

1. 착하고 두려운 아슬란

아이들은 아슬란을 보자 어떻게 해야 할지, 또 무슨 말을 해야 좋을지 몰라 막막했다. 나니아에 한 번도 와 본 적이 없는 사람은 착하면서도 동시에 무서운 존재란 없다고 생각할 것이다. 이 아이들도 예전에는 그랬는지 몰라도 이제는 절대 그렇게 생각할 수 없게 되었다.

―〈사자와 마녀와 옷장〉에서

착하면서 동시에 무서운 존재, 이건 어불성설이 아닌가? 착하고 만만하면 우습게 보고, 무서우면 그 느낌이 싫어 가능하면 거리를 두게 되는 것 아닌가. 그런데 착하면서 무섭다니……

〈마법사의 조카〉에도 비슷한 느낌의 장면이 나온다. 아슬란을 처음 본 디고리와 폴리의 마음에서 생겨나는 반응이다.

아이들은 사자가 고개를 돌려 쳐다볼까 봐 무서워서 죽을 지경이었으면서도 이상하게 한편으로는 그가 돌아보았으면 하고 바라는 마음도 있었다.

아슬란은 계속해서 '아름답고 빛나고 무섭고 두려운' 존재로 그려진다. 아슬란에 대한 묘사는 이처럼 항상 이중적이다. 쳐다보는 것조차 무섭지만 그러면서도 그의 눈길을 바라게 되는 더없이 매력적인 존재인 것이다. 착하면서도 무서운 존재, 이 두 가지 특성은 내재와 초월, 친근함과 거리감, 사랑과 권능, 드러냄과 숨김을 나타내는 묘사다. 그렇다면 감히 다가갈 수 없고 가볍게 여길 수도 없는 그의 무서움에 대해 먼저 생각해 보자. 이어서 그의 슬픔과 눈물을 살펴보기로 하자. 슬픔과 눈물은 아슬란이 착한 존재라는 사실을 가장 잘 보여 주는 증표이기 때문이다. 이 특성은 그가 말하는 짐승이나 인간의 사정을 헤아리는 존재이고, 그들에게 더없이 가까운 존재임을 보여 준다. 그리고 마지막으로 아슬란이 무서움과 착함 모두를 갖춘 존재라면 그를 어떻게 대하고, 그에게 어떻게 반응해야 할 것인지 생각해 보도록 하자.

마땅히 두려워할 자

〈말과 소년〉에는 칼로르멘 제국의 후계자인 라바다슈 왕자가 등장한다. 그는 '아주 거만하고 잔인한데다 사치스럽고 잔학하기 이를 데 없고 저만 아는 폭군'이다. 그는 부하들을 거느리고 나니아의 인접국이자 우방인 아첸랜드를 기습 공격했다가 실패하고 포로 신세가 된다. 그런데 자신의 잘못을 인정하지 않고 큰소리치는 그 앞에 아슬란이 나타난다. 그는 어마어마한 아슬란이 자신을 향해 다가오는 모습을 보고도 움찔 놀라기만 할 뿐 겁 없이 저주와 폭언을 일삼는다.

"악마! 악마! 악마야! 난 네 놈을 알아. 네 놈은 나니아의 사악한 마귀야. 네 놈은 모든 신들의 원수야. 내가 누군지 알렸다, 이 흉악한 망령아! ……너에게 타슈 신의 저주가 내릴 것이 다."

라바다슈의 반응은 상당히 흥미롭다. 그는 아슬란을 두려워하지 않았다. 어렵게 여기지도 않았다. 오히려 아슬란 앞에서 허풍을 떨고 큰소리를 쳐 댔다. 그것은 용감하기 때문이 아니라 그의 관심이 오로지 자신에게만, 자신의 감정을 쏟아 놓는 데만 있었기 때문이다. 그에게 있어 두려운 일은 자존심이 상하면 어쩌나, 스타일이 구겨지면 어쩌나 하는 것들뿐이었다. 그의 관심은 늘 자신과 자신의 욕구·기분·자존심 등에만 향해 있었다. 아슬란은 아예 그의 관심에 들지 못했던 것이다.

〈새벽출정호의 항해〉에 등장하는 캐스피언 왕자의 모습에서 아슬란에 대한 전혀 다른 반응을 볼 수 있다. 캐스피언 왕자는 아주 용감하고 씩씩한 사람이다. 그는 어린 나이에 독립군을 이끌고 외삼촌 미라즈를 중심으로 뭉친 텔마르인과 맞섰고, 어떤 모험도 주저하거나 겁내지 않았다. 항해의 막바지에 이르러 그는 세계의 끝을 보기 위해 왕권을 포기하고 리피치프와 함께 길을 떠나겠다고 고집한다. 그러나 모든 사람들의 만류로 뜻을 이룰 수 없게 되자 화를 내며 선실 문을 꽝 닫고 들어가 버린다. 그런데,

잠시 후 다른 사람들이 찾아갔을 때, 캐스피언은 변해 있었

다. 새하얗게 질린 얼굴로 눈에는 눈물이 가득 괴어 있었다.

"아무 소용도 없습니다. 공연히 화를 내고 허풍을 떠느니 점 잖게 행동할 걸 그랬습니다. 아슬란 님께서 말씀하셨습니 다…… 끔찍했어요. 그 두 눈이. 저한테 심하게 하신 건 아닙 니다. 그저 처음에만 조금 엄하게 했을 뿐이지요. 그래도 전 끔찍했습니다."

이것은 아슬란을 진정으로 아는 사람, 그의 무서움을 제대로 알고 두려워하는 사람의 반응이다. 모두가 아슬란을 이런 식으로 두려워 하지는 않는다. 아슬란과 인격적 교감이 있는 이들만 이렇게 반응한 다. 말하자면 아슬란에 대한 체험이 있는 자들에게만 한정된 반응이 다. 그러나 아슬란에 대한 이 두려움은 그가 나를 어떻게 하지는 않 을까 하는 신변에 대한 두려움과는 격이 다르다. 이 두 가지가 어떻 게 다른지 보여 주는 대목이 있다.

〈말과 소년〉에서 주인공 샤스타는 갖은 모험 끝에 자기 임무를 제 대로 마쳤으나 동료들과 떨어져 혼자가 되고 만다. 피곤하기도 하고 배까지 고프다 보니 괜히 서러워져서 울고 있는 샤스타에게 아슬란 이 나타난다. 처음에 샤스타는 그가 유령이나 무서운 짐승인 줄 알고 겁에 질려 떨지만 곧 그가 어릴 때부터 자신을 지켜 주고 인도한 존 재라는 것을 알게 된다. 샤스타가 그에게 묻는다. "당신은 도대체 누 구세요?" 아슬란의 대답은 간단하다. "나는 나 자신이다!" 그리고,

샤스타는 이제 그 목소리의 주인공이 자기를 잡아먹을 거라거나 그것이 유령의 목소리라는 두려움은 들지 않았다. 그러나 새롭고 다른 종류의 떨림이 엄습했다. 한편으로 기쁘기도 했다.

기쁨과 함께 오는 두려움, 온몸을 떨리게 만드는 새로운 두려움이었다. 아슬란이 모습을 드러낼 때 그것을 감지한 사람이 겪게 되는 두려움은 분명 신비로운 두려움이다. 아슬란의 모습을 분명하게 보게 된 샤스타는 이전까지 그에 대한 이야기를 한 번도 들어 본 적이 없었다. 그러나,

사자의 얼굴을 흘끔 본 순간, 샤스타는 안장에서 미끄러져 내려와 사자 앞에 엎드렸다. 그는 아무 말도 할 수 없었고 아무 말도 하고 싶지 않았고, 또 말할 필요도 없다는 것을 알았다.

두려움은 아슬란의 위대함, 다른 존재와의 거리감을 드러낸다. 그래서 샤스타는 아슬란 앞에 넙죽 엎드렸다. '경배했다'고 표현할 수도 있을 것이다. 그런데 곧바로 놀라운 장면이 펼쳐진다.

왕 중 왕이 샤스타 쪽으로 몸을 굽혔다. 사자의 갈기와 갈기 사이를 감돌며 풍겨 나오는 야릇하면서도 엄숙한 향기가 샤스타를 감쌌다. 왕 중의 왕은 혀로 샤스타의 이마를 핥았다.

샤스타는 얼굴을 들었고, 눈길이 마주쳤다. 그 순간 갑자기 뿌연 안개와 사자가 뿜어 대는 강렬한 빛이 한데 휘돌며 회오리 같은 후광으로 변하더니 위로 사라져 갔다.

두렵고 위대한 아슬란이 그에게 경배하는 샤스타에게 보인 행동은 뜻밖에도 그의 이마를 핥아 주는 것이었다. 여기에 아슬란의 또 다른 면, 가깝고 착한 면이 드러난다. 나니아 이야기에서 아슬란의 착한 면모를 가장 잘 보여 주는 것은 바로 슬픔이다. 이제 그 부분에 대해 생각해 보자.

아슬란의 슬픔

슬픔이나 눈물은 약한 자의 전유물로 간주되기 십상이다. 무릇 대장부는 눈물을 흘리면 안 되고 슬픈 기색을 보여서도 안 된다고 했다. 그러나 아슬란은 그런 무뚝뚝한 존재가 아니다.

〈마법사의 조카〉의 주인공 디고리는 아픈 어머니와 함께 힘겨운 유년시절을 보내고 있다. 디고리는 나니아에서 어떻게든 어머니의 병을 낫게 할 방법이 없을까 기대를 품어 보지만, 자신의 잘못으로 모든 희망이 사라져 버렸다고 생각한다. 그렇게 생각하니 목이 메어 오고 눈물이 잔뜩 괴었다. 그때 디고리는 자신도 모르게 아슬란에게 이렇게 말하고 만다. "그렇지만 제발, 제발, 우리 엄마를, 우리 엄마 병을 낫게 해 줄 것을 저에게 좀 주실 수는 없으세요?"

그 순간까지 디고리는 줄곧 사자의 거대한 앞발과 어마어마
한 발톱만을 쳐다보고 있었다. 그러나 이제 절망에 빠진 디고
리는 그의 얼굴을 처음으로 올려다보았다. 순간 디고리는 그
의 일생을 통하여 보았던 그 무엇보다도 더욱 놀라운 것을 보
았다. 사자는 황갈색 얼굴을 디고리의 얼굴 가까이까지 푹 숙
이고 있었으며 그 거대한 두 눈에는(경이 중의 경이로다) 빛나
는 눈물 방울이 맺혀 있었다. …… 엄청난 크기에 찬란한 빛
을 발하고 있는 사자의 눈물을 보았을 때, 디고리는 사자가
자기 엄마에 대하여 자신보다 더 가슴 아파하고 있는 것이 틀
림없다고 느꼈다.

그때 아슬란의 눈에서 본 눈물은 디고리가 마녀의 솔깃한 유혹에
넘어가지 않고 맡겨진 임무를 수행하게 해 준 확고한 근거가 된다.
지금 당장은 이해할 수 없지만, 아슬란이 우리 엄마에게 관심을 갖고
있고 엄마의 아픔에 대해 나보다 더 슬퍼하고 있다. 디고리에게는 이
'사실'을 붙드는 것이 참으로 중요했다. 이 장면은 아슬란이 인간의
고통을 가볍게 여기거나 그것으로부터 초연해 있는 존재가 아님을
보여 준다. 아슬란은 인간의 슬픔에 대해 "나는 알고 있다. 슬픔은
깊고도 깊은 것"이라고 말한다.

〈마법사의 조카〉에서는 아슬란의 슬픈 표정을 볼 수 있는 대목이
한 군데 더 있다. 디고리와 함께 나니아에 간 그의 외삼촌 앤드루는
처음으로 아슬란의 음성을 들었지만, 사자가 말을 할 리가 없다고 믿

고 스스로 귀를 막아 버린다. 그래서 정말 아슬란의 음성을 들을 수 없게 된다. 아슬란은 그에게 사실을 말해 줄 수도 없고 그를 위로할 수도 없다고 말한다. 그가 아슬란의 목소리에 귀 기울이기를 스스로 거부했기 때문이다. 아슬란은 '몹시 슬픈 표정으로' 거대한 머리를 숙여 기겁한 앤드루 외삼촌의 얼굴에 입김을 불어넣어 잠들게 만든다. 이것은 안타까움과 연민이라고 할 수 있다. '네가 감히 나를 인정하지 않고 내 음성에 귀를 막아? 어디 한번 당해 봐'는 식의 반응은 찾아볼 수 없다. 아슬란은 진실에 눈을 뜨지 못하고 그의 음성에 귀를 열지 못하는 앤드루에 대해 깊은 슬픔을 느낀다.

〈사자와 마녀와 옷장〉에서 아슬란은 에드먼드를 구하기 위해 할 수 있는 수단을 다 써 보겠다고 말하며 슬픈 표정을 짓는다. 그리고 결국 에드먼드를 대신해 죽음의 길을 떠난다. 수잔과 루시가 뭔가 낌새를 채고 쫓아 나와 아슬란에게 어디가 아프냐고 물어본다.

"아니다, 그저 슬프고 외롭구나. 너희들이 거기 있다는 걸 느낄 수 있도록 내 갈기에 손을 얹어 다오. 그렇게 함께 걷자구나."

아슬란은 자신의 슬픔과 외로움을 숨기지 않는다. 그리고 순진하고 연약한 두 소녀에게 자신을 위로할 수 있는 기회를 준다. 물론 아이들은 아슬란의 사정이나 신비한 마법 등에 대해 전혀 몰랐지만, 아슬란의 가장 고통스러운 순간에 그와 함께했다.

〈은의자〉의 말미에서 캐스피언 왕이 나이 들어 죽는 장면이 나오는데, 아슬란은 그의 시신을 보며 또 눈물을 흘린다. 여기에 대해서는 나니아에 대한 부분에서 따로 언급하겠다.

큰일과 작은 일, 숨겨진 일과 드러난 일

아슬란이 착하면서 동시에 두려운 존재라는 사실에는 어떤 의미가 있을까? 질문을 조금 바꿔 보면 논점이 더 분명하게 드러난다. 개개인의 슬픔과 사정에 깊이 관심을 갖고 슬퍼하는 존재가 어떻게 한 나라를 구원하는 대사(大事)를 이룰 수 있을까? 사사로운 정에 이끌리지 않아야 큰일을 이룰 수 있지 않겠는가?

〈사자와 마녀와 옷장〉에서 에드먼드는 배신자가 된다. 그런데 여기서 아슬란은 배신자 에드먼드를 구하기 위해 나니아 전체를 위험에 빠뜨리는 무모한 거래를 한다. 그리고 자신의 목숨까지 버린다. 마녀는 그런 아슬란의 선택을 비웃으며 이렇게 말한다.

> "네가 이런다고 그 배신자 놈을 구할 수 있을 성싶으냐? 이제 나는 계약대로 그놈 대신 널 죽일 것이고, 그리하여 심오한 마법은 그대로 지켜질 것이다. 하지만 네가 죽으면, 내가 그놈을 죽이지 못할 것 같으냐? 그 다음에는 누가 내 손아귀에서 그놈을 구해 내겠느냐? 넌 내게 나니아를 영원히 넘겼다는 사실을 알아야 돼. 너는 네 목숨은 물론 그놈의 목숨도 구하지 못하게 된 거야. 그런 줄이나 알고 절망하면서 죽어라!"

그러나 에드먼드를 위해 목숨을 버린 아슬란의 선택은 에드먼드도 살리고 나니아도 살리는 놀라운 것이었다. 아슬란의 선함과 희생정신은 곧 그의 지혜와 권능이었다.

사사로운 정과 대사(大事)의 구분은 드러난 일과 숨겨진 일의 구분으로 바꿔 볼 수 있다. 〈사자와 마녀와 옷장〉에서 배신자 에드먼드의 목숨이 상대적으로 작은 일이요 드러난 일이라면, 나니아의 운명은 큰일이고 숨겨진 일이다. 〈마법사의 조카〉에 등장하는 디고리의 경우에는 엄마의 건강과 나니아의 안녕이 이런 관계를 이루고 있다.

그런데 이러한 구분은 아슬란이 아니라 그가 상대하는 사람들의 입장에서 보면 또 다른 패턴으로 드러난다. 아슬란은 두 가지 모두를 동시에 통찰하고 그에 따라 행동할 수 있는 존재다. 착하면서도 동시에 무서울 수 있는 존재다. 그러면 그를 대하는 사람들의 반응은 어떤가? 우선 아슬란의 착한 부분은 드러난 부분이다. 디고리가 그의 눈물을 보았던 것처럼 말이다. 그러나 그의 무서움은 숨겨진 부분이다. 그러니 디고리가 해야 할 일은 자신이 본 아슬란의 눈물(드러난 일)을 보고 당장은 이해할 수 없지만 그의 진심과 계획을 신뢰하고 그 명령에 따르는 것이다.

이런 맥락에서 보면 왜 아슬란이 만나는 사람마다 잘못을 인정하도록 그렇게 몰아붙이는지 이해할 수 있다. 아슬란과의 만남에서 제일 중요한 태도는 자기 잘못을 인정하는 것이다. 남 탓을 하지 않는 것이다. 자신의 책임을 온전히 인정하는 것이다. 〈마법사의 조카〉에서 디고리는 아슬란을 만나 마녀를 '우연히 만난' 것이 아니라 자기가 마녀를 '깨웠다'는 사실을 인정해야 했고, 마법에 걸려 그 일을 한 게 아니라 '마법에 걸린 채 하고 있었을 뿐'임을 인정해야 했다. 〈은의자〉에서 질은 유스터스가 절벽으로 떨어진 것이 잘난 체하려고 절벽 끝에 서 있던 자기 때문이었음을 인정해야 했다. 잘못을 인정하라는 것은 죄책감을 건드려 사람을 조작하려 하거나 단순히 과거를 털어 버리게 하려는 시도가 아니다. 그것은 숨겨진 일을 이루기 위한 출발점이다. 자기 잘못을 인정하지 않고는 문제를 해결할 수 없기 때문이다. 작은 일과 큰일, 드러난 일과 숨겨진 일은 긴밀하게 연결되어 있고 집단의 구원은 개인의 회개에서만 출발할 수 있다.

아슬란이 등장인물들에게 잘못을 인정하라고 요구하는 이유는 그들을 고치고 회복시키기 위해서였다. 잘못을 인정하지 않는 자를 어떻게 용서하고 바로잡아 줄 수 있겠는가. 어떻게 자신의 잘못을 만회할 수 있는 기회를 줄 수 있겠는가. 그러므로 아슬란이 등장인물들에게 다가가 스스로의 책임을 인정하게 만드는 것은 구원자요 전능자인 그의 또 다른 모습이라고 하겠다. 그리고 아슬란의 지적에 정직하게 반응한 질·에드먼드·루시를 통해 나니아에는 새로운 기회, 구원의 길이 열리게 된다.

여기서 조금 더 나가 보자. 〈캐스피언 왕자〉에서 루시는 언니 오빠들과 함께 나니아를 돕기 위해 불려 온다. 그런데 나니아 독립군을 도우러 가야 하는데 제대로 찾아가지 못해 어려움을 겪는다. 그런 과정에서 루시가 아슬란을 보는데 다른 형제들은 그를 보지 못해 한참 동안 길을 찾지 못하고 헤맨다. 그러던 어느 날 밤 아슬란이 다시 루시에게만 나타난다. 루시는 잠들어 있는 언니 오빠를 두고 그를 만나러 간다. 왜 자신을 따라오지 않았느냐는 아슬란의 질책에 루시는 이렇게 묻는다.

> "만약 그랬더라면 일이 순조롭게 되었을 거라는 말씀이신가요? 그렇지만 어떻게요? 제발 알려 주세요, 아슬란! 저는 알면 안 되나요?"
>
> "얘야, 네가 나한테 왔더라면 어떤 일이 생겼을지 알고 싶단 말이냐?" 아슬란이 말했다. "안 된다. 그건 아무도 듣지 못할 것이다. …… 그러나 '앞으로' 생길 일에 대해서는 누구든지 알아낼 수 있단다. 만약 네가 지금 네 형제들에게 돌아가 그들을 깨우고, 또다시 나를 보았노라고 말한 다음, 너희 모두가 즉시 자리에서 일어나 나를 따른다면—과연 무슨 일이 생길지 알고 싶으냐? 그걸 알아내는 방법은 단 한 가지밖에 없단다."

그 방법은 아슬란이 시킨 대로 형제들을 깨우고 아슬란, 그를 따라가는 것이었다. 말하자면 숨겨진 일은 아슬란에게 맡기고 자신에게 드러난 일에 순종하는 거였다. 그렇게 할 때 루시처럼 아슬란의 판단이 옳다는 것을 알게 된다. 그가 모든 것 위에 있고 모든 것을 주관하는 존재라는 사실을 알게 된다. 착함과 두려움, 이 둘이 만나면 아슬란이 가장 소중한 존재, 모든 것에 의미와 가치를 부여하는 존재라는 것을 알게 된다.

가장 소중한 존재와 아무것도 아닌 것

〈새벽출정호의 항해〉에서 아슬란은 모험을 마친 루시에게 두 번 다시 나니아로 올 수 없다고 말한다. 나이가 너무 많다는 게 이유였다. 루시는 훌쩍거리며 이렇게 대답한다.

> "나니아 때문이 아니에요. 아슬란 님 때문이에요. 거기서는 아슬란 님을 만나지 못할 텐데. 아슬란 님을 보지 못하면 어떻게 살죠?"

루시가 이제 다시는 나니아에 올 수 없는 것을 슬퍼하는 이유는 신나는 모험을 즐기고 여왕 대접을 받을 수 있는 곳이 없어지기 때문이 아니었다. 그것은 아슬란, 그를 보지 못하기 때문이었다. 아슬란을 만나 그를 알고 사랑하게 된 루시는 그가 주는 어떤 대가가 아니라 아슬란 자체를 진심으로 사랑했다. 그래서 그를 보지 않고 어떻게 살 수 있느냐고 물었던 것이다.

〈마지막 전투〉에 등장하는 칼로르멘 사람 에메스도 아슬란을 만나고 그와 대화한 후 비슷한 말을 한다. "천하의 티스로크 황제(칼로르멘 제국의 황제)가 되어 사자를 보지 못한 채 사느니, 사자를 보고 당장 죽는 편이 나을 성싶었습니다." 아슬란이 나니아를 만든 이유 역시 백성이 자신을 알게 되고 사랑하게 하기 위해서였다.

아슬란은 보통 위기상황에서 구원자로 등장하기 때문에 기득권층은 그를 거부하고 그에게 맞서는 반면, 기성 체제에서 압제받던 이들은 그를 환영한다. 〈캐스피언 왕자〉에서 나니아를 다스리던 나이 많은 텔마르인들, 특히 미라즈 왕 밑에서 고위직에 있던 사람들이 아슬란을 훼방꾼으로 여기고 그의 통치를 받아들이지 못하는 상황은 충분히 이해할 수 있다. 자신들이 누리던 영화와 권력을 순순히 포기하고 '아슬란의 통치 아래 모두가 자유로운' 삶을 누리길 거부한 것이다. 새로운 나니아, 자유로운 나니아에 남기를 선택한 이들은 주로 젊은이들이었다.

그런데 기득권을 가진 사람들만 아슬란을 거부한 것은 아니다. 〈캐스피언 왕자〉에서 피터와 캐스피언을 중심으로 모인 나니아 독립군들이 텔마르인 군대를 무찌르는 동안 아슬란은 무리를 이끌고 나니아를 누빈다. 사자가 나타났다고 혼비백산 도망하는 이들도 있고, 신나게 아슬란 뒤를 쫓아가는 이들도 있다. 그 와중에 아슬란 일행이 어느 학교를 지나가게 되었는데, 그곳에서는 몹시 지친 듯한 여교사가 돼지처럼 보이는 사내아이들을 가르치고 있었다. 창밖으로 노래를 부르며 큰길을 따라 올라오는 신기한 무리를 보는 순간 여교사는 '형언할 수 없는 기쁨'이 가슴속 깊이 파고드는 것을 느낀다. 아슬란은 걸음을 멈추고 그녀를 바라본다. 그녀는 주저한다. 당연한 반응이다. 일도 해야 하고, 아이들은 또 얼마나 겁을 먹었겠는가. 그런데 그녀가 가르치고 있던 학생들의 반응은 가관이다. 그 중에서도 가장 돼지처럼 생긴 아이가 이렇게 말한다.

"선생님이 공부시간에 우리를 가르치지는 않고 창밖이나 내
다보면서 사람들하고 이야기나 한다고 교장선생님께 이르
자."

　지금이 어떤 때인가. 나라가 완전히 뒤집어지고 나니아의 진정한
주인인 아슬란이 나타났다. 이제 그를 따를 것인가 말 것인가를 선택
해야 하고, 그 선택에 따라 인생이 완전히 달라지게 된다. 그런데 이
런 중요한 시기에 그 아이의 관심은 오직 하나, 교장선생님께 일러서
선생님을 고난에 빠지게 하는 것이었다. 그리고 그렇게 하기 위해 정
보 수집차 창밖을 내다본다. 나니아의 창조자 아슬란이 나타났는데
아이는 그를 알아보지 못하고 평소처럼 선생님을 고자질할 '건수'만
생각해 낸다. 커다란 이권이나 욕심뿐 아니라 사소한 욕심과 악의도
사람을 망칠 수 있다는 걸 알 수 있는 대목이다. 자신의 이해관계와
평소의 관심사, 그것을 신주단지 모시듯 하고 살 수도 있다.
　《스크루테이프의 편지》에서 고참 악마 스크루테이프는 그런 사소
한 것들의 위력을 극찬한다.

　'아무것도 아닌 것' 이야말로 정말 강하고말고. 인생의 가장
중요한 시절을 슬쩍할 수 있을 만큼 강하지. 인간은 달콤한
죄도 못 되는 것, 도대체 뭔지도 모르고 왜 하는지도 모를 것
에 미적지근하니 관심을 보이다 말다 하거나 자기도 잘 모르
는 어렴풋한 호기심을 채워 보다가…… 길고도 어두운 몽상

의 미로에서 헤매다가 인생을 낭비한다. ……아무리 사소한 죄라도 그것이 쌓여 인간을 '빛'으로부터 '아무것도 아닌 것' 으로 조금씩조금씩 끌어올 수 있으면 그만이야.

알수록 더 모르게 된다

어른이 된 뒤 어릴 때 다닌 초등학교 운동장에 다시 가 보거나 교실 걸상에 앉아 보면 생각보다 아주 작다는 걸 깨닫게 된다. 어릴 때 크게만 보이던 부모님도 어느 순간 그냥 보통 사람이라는 걸 깨닫게 된다. 유한한 존재는 모두 이처럼 시간이 흐르고 관찰자의 머리가 굵어질수록 이전보다 작아 보이게 마련이다. 그런데 〈캐스피언 왕자〉에서 루시가 오랜만에 만난 아슬란은 유한한 존재와 달랐다.

"그동안 더 커지셨어요."
"어린아이야, 그건 그동안 네가 더 나이를 먹었기 때문이란다."
"당신이 커지신 게 아니고요?"
"난 그대로다. 그러나 네가 한 살을 더 먹을 때마다 너에게는 내가 그만큼 더 크게 보일 것이다."

무엇인가 새로운 것을 배워서 깨닫게 될 때, 새로운 깨달음이 주는 희열과 더불어 자신이 무엇을 모르고 있는지에 대한 깨달음도 따라온다. 새로운 지식이 자신의 무지에 대한 지식으로 이어진다는 건 누구나 경험하는 바다. 그러니 우리의 한정된 경험과 지력과 시야의 범위를 훌쩍 넘어가는 대상과의 교제는 우리의 성장과 함께 그에 대한 우리의 무지를 더욱 드러낼 수밖에 없다. 루시가 나이 들고 몸이 커지고 지식이 늘어날수록 이전에 보지 못했던 아슬란의 지혜와 위대함을 보게 되는 것도 그 때문이다. 아슬란에 대해 드러난 부분이 많아질수록 그에 대해 숨겨진 부분도 커진다. 아슬란을 알수록 그를 모르는 부분은 더욱 커진다.

그러나 잊어선 안 될 사실이 있다. 아슬란에 대한 지식은 그가 알려 주는 부분만큼 늘어난다는 것이다. 루시가 아슬란을 연구하고 파헤쳐서 그를 알게 된 것이 아니라 아슬란이 스스로 드러내고 알려 준 것이다. 그리고 아슬란은 우리가 알고 싶어 하는 내용이 아니라 우리가 알아야 하는 내용을 알려 준다. 아슬란은 침묵할 때도 많다. 아니 침묵할 때가 오히려 더 많다. 그리고 나니아에 나타나 자신이 하는 일을 말할 때에도 모든 이야기를 다 해 주지는 않는다.

결코 듣지 못할 두 가지 이야기

아슬란이 절대 답해 주지 않는 두 종류의 질문이 있다. 하나는 '내가 이렇게 하지 않고 저렇게 했더라면 어떻게 되었을까' 라는 대체역사에 대한 질문이다. 이런 내용으로 숱한 문학작품과 드라마, 영화가 나온 것을 보면 이것이 많은 사람들에게 공통적인 의문이자 호기심거리라는 걸 알 수 있다. 그러나 내가 선택해서 이루어진 현실 외의 다른 가상현실은 존재하지 않는다. 그랬더라면 어떻게 되었을까 하는 질문 역시 결코 답을 얻을 수 없다. 그런데도 수많은 사람들이 이런 질문과 회한에 빠져 현실을 소홀히 하고 있다. 이 질문에 대한 답으로 아슬란은 현재 주어진 상황에서 맡겨진 임무에 충실하라고 대답한다.

또 하나의 질문은 이런 종류다. '다른 사람은 어떻게 될 것인가?' '그 사람의 사정과 고통과 삶의 의미는 무엇인가?' 우리가 그렇듯 나니아 이야기에 나오는 주인공들도 줄곧 그런 호기심을 드러낸다.

〈말과 소년〉에서 샤스타는 길동무 아라비스를 다치게 한 사자가 아슬란이었다는 답변을 듣고 왜 그렇게 했느냐고 물어본다. 이에 대한 아슬란의 대답은 간단하다. "애야, 난 그 애가 아니라 네 얘기를 하고 있다. 난 당사자 얘기만 하지."

아라비스는 자기 때문에 의붓어머니의 노예가 채찍에 맞아 상처를 입었다는 얘기를 듣고 자기가 한 짓 때문에 그 노예가 앞으로 더 큰 고통을 받지 않을까 물어본다. 여기서도 아슬란의 대답은 동일하다. "애야, 나는 그 애 얘기가 아니라 네 얘기를 하고 있는 거란다. 누구나 자기 얘기만 들으면 되는 거야."

〈새벽출정호의 항해〉에서 루시는 이제 다시는 나니아에 올 수 없다는 말을 듣고 옆에 있는 유스터스가 생각나서 이렇게 묻는다. "유스터스도 다시는 올 수 없나요?" 아슬란의 대답은 한결같다. "애야, 네가 꼭 그걸 알아야 하겠느냐?"

그분은 안전한가요?

〈사자와 마녀와 옷장〉에서 피터와 수잔과 루시는 비버 부부에게
아슬란에 대한 이야기를 듣고 이런저런 질문을 한다. 아슬란이 사람
이 아니라 사자라는 말에 수잔은 그를 만나기가 두렵다고 말한다. 그
러자 비버 부인은 아슬란 앞에서 무릎을 떨지 않을 존재가 있다면 그
는 아주 용감하거나 바보 멍청이일 거라고 대답한다. 물론 수잔이 말
하는 두려움과 비버 부인이 말한 두려움은 종류가 다르다. 수잔의 두
려움이 〈말과 소년〉의 주인공 샤스타가 아슬란을 처음 대하고 느낀
본능적 두려움이라면, 비버 부인이 말하는 두려움은 샤스타가 아슬
란에 대해 알고 나서 갖게 된 신비로운 두려움이다. 그러나 아직 아
슬란을 만나지 못한 수잔과 루시는 그 차이를 알 수 없다. 루시는 수
잔의 질문과 같은 맥락에서 이렇게 묻는다.

> "그럼 안전하지 않단 소리예요?"
> 비버 씨가 말했다.
> "안전이라고요? 지금 우리 집사람이 한 말 못 들었나요? 안전
> 에 대해 누가 한마디라도 했나요? 물론 안전하지 않아요. 하지
> 만 좋은 분이세요. 아까 말했던 것처럼 그분은 왕이신 걸요."

수잔과 루시가 알고 싶은 것은 동일하다. "아슬란이 혹시 우리를
해치진 않을까?"라는 것이다. 그러나 비버 씨는 두 아이가 왜 비버
부인의 말을 이해하지 못하는지 답답해한다. 루시와 비버 씨의 대화

를 풀어 쓰면 이렇게 될 것 같다.

> "그럼 우리를 잡아먹을 수도 있다는 건가요?"
> "무슨 소리예요? 아슬란은 우리 모두가 마땅히 두려워해야할 신적 존재라는 집사람의 말 못 들었나요? 아슬란이 누굴 잡아먹는다니 웬 생뚱맞은 소리예요? 물론 그분이 우리에게 무슨 일을 명하실지 몰라요. 위험한 일을 맡기실 수도 있겠지요. 그렇게 보면 물론 그분은 안전하지 않아요. 그러나 그건 꼭 필요하거나 우리에게 유익한 일일 거예요. 그분은 선한 왕이시거든요."

이제 아슬란에게 들을 수 있는 이야기로 돌아가 보자. 우선 이렇게 묻고 싶다. 아슬란이 절대 들려주지 않는 두 가지 이야기의 공통점은 무엇일까? 내가 어찌해 볼 방법이 없는 가상의 이야기와 남의 이야기, 둘 다 나에게 지극히 안전한 이야기다. 나에게 뭔가 행동을 요구하거나 책임을 지우지 않는, 적당한 거리를 두고 들을 수 있는 이야기다. 그러나 아슬란은 절대 그런 이야기를 들려주지 않는다.

비버 씨의 말대로 아슬란은 안전하지 않다. 아니, 아슬란에게 안전은 관심 밖의 일처럼 보인다. 아슬란의 명령은 결코 안전하지 않다. 오히려 안전지대에서 벗어나 위험한 임무를 맡게 하는 것이 아슬란의 특기다. 그가 들려주는 이야기는 항상 '지금 나의' 이야기다. 나의 구체적인 반응을 요구하는 이야기다.

2. 길들여지지 않는 사자

> "그분은 오셨다가 금방 사라지곤 할 거예요. 하루는 그분을 뵈었다가도, 이튿날엔 또 못 뵙게 될 겁니다. 그분은 구속을 싫어하시죠. 게다가 나니아뿐 아니라 다른 나라들도 신경 쓰셔야 하니까요. 걱정할 것 없습니다. 아마 종종 들르실 거예요. 단 그분께 절대로 부담을 드려선 안 됩니다. 그분은 야성적이니까요. 길들인 사자하고는 전혀 다르죠."
>
> — 〈사자와 마녀와 옷장〉에서

《나니아 연대기》에서 아슬란의 '착하고 두려운' 면모를 아주 잘 보여 주는 인상적인 묘사는 '길들여지지 않는 사자'다. 나니아 이야기 전체가 이 말의 의미를 밝혀 주는 예화라 해도 과언은 아닐 것이다. '길들여지지 않는 사자'는 아슬란의 신비로움을 매력적으로 형상화한 표현임에 분명하다. 그러나 매우 개성적인 표현인 만큼 오해의 소지도 많고, 실제로 나니아의 적들에 의해 철저히 왜곡되고 오용되었다. 이번 장에서는 길들여지지 않는 아슬란의 야수성에 대한 오해를 밝히고, 그것이 드러내는 아슬란의 특성을 살펴보기로 하자.

아슬란, 길들여지지 않는 '사자'

우선 아슬란이 사자라는 점부터 생각해 보자. 〈말과 소년〉의 주인공 말하는 말 브레는 아슬란이 사자일 리가 없다고 생각한다. "사자를 두고 맹세한다느니, 사자 갈기를 두고 맹세한다느니 따위의 말"
을 입에 담으면서도 말이다. 아라비스는 그 점을 궁금해한다. 사자를
싫어하는 브레가 왜 그런 말을 달고 사는 걸까? 다음은 브레의 대답
이다.

> "내가 말하는 사자는 아슬란 님을 뜻하는 거야. 마녀와 겨울
> 을 몰아낸 나니아의 위대한 수호자 말이야. 나니아 국민들은
> 하나같이 사자의 이름을 걸고 맹세해."
> "하지만 사자잖아."
> 브레는 몹시 놀란 듯이 말했다.
> "아냐, 아냐, 아니고말고!"

　브레는 아슬란이 사자일 리가 없다고 생각한다. 그는 그러한 생각
을 일종의 신성모독으로 여기는 듯하다. 브레는 아슬란이 사자 아니
냐는 아라비스의 말이 무례하다며 나무란다. "아라비스, 네가 아무
리 어린 여자애라지만 그분을 진짜 사자로 상상하는 건 말도 안 된다
는 걸 알아야 해. 정말이지 무례한 거라고." 하지만 아라비스는 브레
의 외경심에는 관심이 없다. 그래서 자기는 타슈반에서 아슬란이 사
자라고 들었다며 재차 묻는다. "진짜 사자가 아니라면서 왜 사자라
고 부르니?" 브레는 자신이 망아지일 때 나니아를 떠나왔기 때문에
잘 모른다고 단서를 달면서도 이렇게 대답한다.

"뻔하지 뭐. 사자만큼 강하고 사납다(특히 우리의 적들한테)는 뜻에서 그냥 사자라고 부르는 거겠지. 혹은 그 비슷한 걸 거야. …… 그분이 사자라면 우리처럼 짐승이라는 얘기잖아. 아이고, 참!"

이어서 아슬란이 사자일 리가 없다고 생각하는 브레의 생각이 어디서 나온 것인지 드러난다.

"만일 그분이 진짜 사자라면 다리가 넷에다 꼬리도 있고, 또 수염도……."

짐승은 다리 넷에 꼬리와 수염이 달려 있다. "그것이 어때서?"라고 물을지 모르지만, 칼로르멘에서 인간들에게 혹사당하는 짐승들의 모습을 익히 보았던 브레에게 그것은 그리 간단한 문제가 아니었다. 다리가 넷에 꼬리와 수염이 달리고—짐을 끌고, 매 맞고, 눈치 보고, 헐떡이고, 울부짖고…… 그것이 브레가 아는 짐승의 모습이었다. 당장 자유로운 짐승의 모습을 그려 보는 일조차 어려운 브레였다. 그런 브레에게 짐승이 신성(神性)을 담는 그릇이 될 수 있다는 건 도저히 상상할 수 없는 일이었다. 브레의 생각은 아슬란에 대한 외경심에서 나온 충정으로 이해할 수 있다. 그러나 그는 자신의 실제 경험에 근거한 상상력의 한계로 아슬란을 제한하는 우를 범했다. 아슬란은 그런 브레에게 다가와서 자신을 만져 보라고 말한다.

"가까이 더 가까이 오너라. 아들아, 두려워 말고 오너라. 나를 만져 보렴. 냄새도 맡아 보고, 여기 내 발이 있고, 꼬리도 있고, 이게 내 수염이란다. 나는 틀림없는 짐승이야."

나니아 이야기는 한마디로 그리스도에 관한 이야기다. 나니아 같은 세상이 있는데, 그곳에 악이 들어와 타락해 가기 때문에 그리스도가 그 세상을 구원하기 위해 그곳으로 간다면 어떤 일이 벌어질까? 루이스는 나니아 이야기를 통해 그러한 질문에 답한 것이다. 그리 보면 나니아에서 그리스도가 사자로 등장하는 이유도 분명해진다. 나니아가 말하는 짐승의 세계이기 때문이다. 그리스도는 인간 세계에서 인간이 되셨듯 짐승의 세계에서는 말하는 짐승이 되신 것이다.

그러므로 나니아 외의 다른 세계에서 아슬란의 이름은 달라진다. 〈새벽출정호의 항해〉에서 아슬란은 에드먼드에게 자신이 그의 세계에도 존재한다고 말한다. "하지만 거기서는 다른 이름으로 존재하지." 〈마지막 전투〉에서는 나니아가 멸망한 후, 아슬란이 '더 이상 사자처럼 보이지 않는' 순간이 등장한다. 그러나 나니아에서 아슬란은 사자, 틀림없는 짐승이다.

아슬란, '길들여지지 않는' 사자

길들여지지 않는 사자란 물론 아슬란이 누구에게도 매이지 않고 자기 뜻대로 움직이는 야생동물이라는 뜻이다. 그러나 모두가 아슬란의 이런 특성을 놀랍고 매력적으로 여기지 않는다. 그런 특성을 근거로 아슬란이 존재하지 않는다고 생각하는 이들도 있었다. 〈캐스피언 왕자〉에 등장하는 난쟁이 트럼프킨은 어려운 상황 중에 아슬란에 대한 이야기를 듣고 다음과 같이 회의를 드러낸다.

> "말을 할 줄 아는 사자이면서도 말을 안 하고, 친절한 사자이면서도 우리에게 아무 도움도 안 주고, 엄청나게 덩치가 큰 사자이면서도 아무의 눈에도 보이지 않는―그런 종류의 마법의 사자라면 저에게는 필요 없습니다."

새로운 개념을 익힐 때는 기존의 선입견으로 그 개념을 오해하지 않도록 우선 부정적으로 정의하는 것이 유익할 때가 많다. 〈캐스피언 왕자〉에서 페번시 사남매 피터·수잔·에드먼드·루시는 다시 나니아로 온다. 그들은 트럼프킨의 설명을 듣고 난 후 나니아 독립군을 돕기 위해 나서지만 길을 찾지 못해 한참 헤매게 된다. 그런데 막내 루시에게만 아슬란이 나타나는 상황이 벌어진다. 피터는, 아슬란을 봤다면서 그를 따라가야 한다고 주장하는 루시에게 따진다.

> "아슬란이 우리 눈에만 안 보이는 이유가 뭐지? 예전엔 그렇지 않았다고. 그건 아슬란답지 않아."

여기서 '아슬란답지 않다'는 말은 무슨 뜻일까? 피터는 아슬란이 사남매 모두에게 동시에 나타난 이전의 경험을 '표준'으로 생각한 것이다. 그러니까 '아슬란답지 않다'는 반응은 '길들여지지 않는' 아슬란의 특성에 대한 무지의 표현으로 볼 수 있다. 아슬란이 언제 어떤 식으로 나타나고 어떤 방법으로 정의를 회복하고 누구를 사용할지는 전적으로 그에게 달려 있다.

그런데 만약 아슬란이 거짓말을 한다거나 약한 동물들을 괴롭힌다거나 배신을 한다면 어떨까. 그때는 '아슬란답지 않다'는 말을 할 수 있을 것이다. 나니아 백성은 아슬란이 길들여지지 않는 사자라고 생각하지만, 그가 선을 사랑하고 악을 미워하는 존재라는 데 대한 확신은 분명하다. 아슬란의 '야성'은 자신의 뜻대로 움직인다는 그의 '주권'을 뜻하는 말이지 그의 성품이나 본성이 예측할 수 없을 정도로 '괴팍하다'는 뜻은 아니다.

길들여지지 않는 사자는 흥정할 수 있는 상대인가

〈마법사의 조카〉에서 디고리는 잠들어 있던 마녀를 깨우고 나니아에 마녀를 들여놓는 잘못을 저지른다. 아슬란은 그런 디고리에게 잘못을 만회할 기회를 준다.

> "아담의 아들아, 나의 이 평화로운 나라 나니아의 탄생 첫날에 네가 이 땅에 끼친 해를 네 자신이 거두어들일 준비가 되었느냐?"

디고리는 "예"라고 대답한다. 그리고 그 순간 디고리의 마음속에

떠오르는 사람이 있었다. 엄마, 병으로 앓아 누운 엄마. '나니아에서라면 뜻밖의 일도 가능할지 모르는데, 아슬란이라면 엄마의 병을 낫게 할 수 있을 텐데. 무슨 수라도 써야 하지 않을까.' 그때 디고리의 머릿속에 떠오르는 생각이 있었다. '당신이 우리 엄마를 도와주겠다고 약속하면, 나도 당신을 돕겠습니다.' 그러나,

> 다행히도 그 말이 입 밖에 나오기 직전, 디고리는 사자가 결코 흥정 따위를 할 인물이 아니라는 것을 깨달았다.

디고리의 반응은 시사하는 바가 크다. 길들여지지 않는 사자는 협상과 흥정의 상대가 아니다. 그것을 깨닫고 인정하고 아슬란의 명령에 순종하는 것이 디고리가 자신의 잘못을 만회할 수 있는 유일한 방법이었고, 나중에 밝혀지듯 어머니를 위해서도 그것이 최선의 선택이었다. 물론 쉬운 일은 아니었다.

흥정은 수를 읽을 수 있는 상대와 할 수 있는 법이다. 디고리는 아슬란이 자신이 수를 읽어 내고 조작할 수 있는 대상이 아니라는 사실을 인정하고 그에게 순종했다. 그러나 모두가 그런 것은 아니다. 아슬란 운운하는 것은 모두 이전의 통치자들이 부린 얄팍한 술수에 불과하고, 자신들은 그 모든 수를 꿰뚫어 봤다고 생각하는 '깨우친 자'들이 있었다. 〈마지막 전투〉에 등장하는 시프트와 진저가 그들이다. 그들은 아슬란이 길들여지지 않는 사자라는 말을, 말하는 동물들을 협박하고 착취하는 도구로 적극 활용했다. 그들이 어떤 속임수를 썼

는지 살펴보자.

길들여지지 않는 사자는 제멋대로인가

〈마지막 전투〉에는 '길들여지지 않는 사자'라는 아슬란의 특성을 오해하고 오용하는 과정이 잘 드러나 있다. 말하는 원숭이 시프트는 친구인 당나귀 퍼즐에게 사자 가죽을 입혀 아슬란 행세를 하도록 한다. 시프트는 먼발치에서만 사자 가죽을 쓴 퍼즐을 보여 주고 그가 다른 짐승에게 말도 못 붙이게 하면서 자신의 욕심대로 동물들을 부려 먹는다. 그 모든 것이 하도 이상했던 동물들이 묻는다.

"그런데 왜 우리는 아슬란 님을 만나 얘기할 수 없는 겁니까? 옛날에 그분이 나니아에 오셨을 때에는 모두들 그분과 얼굴을 마주 보고 얘기를 나눌 수 있었다던데요."
원숭이가 말했다.
"그런 말은 믿지도 마라. 설령 그 말이 사실이라 해도 이젠 시대가 변했다. 아슬란 님께서는 그동안 너희들한테 지나치게 다정하게 대했다고 말씀하셨다. 알겠나? 이제는 그렇게 다정하시지만은 않을 거다. 이번에는 너희들에게 버릇을 톡톡히 가르쳐 주실 거란 말이다. 너희가 그분을 길들여진 사자라고 생각한다면 그분은 너희들을 가만두지 않으실 거다."

이것은 대단히 무서운 일이다. 시프트는 이런 식으로 아슬란을 도

무지 알 수 없는 존재, 언제 어떻게 돌변할지 모르는 성질 고약한 폭군으로 묘사한다. 일단 이 방법이 먹혀들면, 이것을 근거로 무슨 일이든 시켜 먹을 수 있다. 아슬란을 빙자한 시프트의 명령으로 신성한 나무들이 베이고 나무 요정들은 죽음을 당한다. 이런 상황에 처하자 당시 나니아의 왕이었던 티리언조차 "그분께서 과연 신성한 나무들을 베어 내고 드루아스(나무의 요정)를 살해하라고 하셨을까?"라고 묻게 된다. 이 질문에 그의 친구 유니콘 주얼은 이렇게 답한다. "모르겠습니다. 그분은 길들여진 사자가 아니니까요."

티리언 왕은 계속해서 이렇게 묻고 절망에 빠진다.

> "그분은 길들여진 사자가 아니다. 그분이 무슨 일을 하실지 우리가 어떻게 알겠느냐?" …… "아슬란 님이 이 땅에 오셨는데, 우리가 그토록 믿고 고대하던 아슬란 님의 모습이 아니지 않느냐. 이렇게 공포에 떨며 사느니 차라리 죽는 게 낫다. 이건 어느 날 떠오른 태양이 검은 태양인 것과 마찬가지다."

원숭이 시프트는 한발 더 나가 아슬란은 타슈와 같다고 주장한다. 타슈는 나니아의 인접국가인 대제국 칼로르멘 사람들이 섬기는 신으로, 인간을 제물로 요구하는 잔인한 신이라고 알려져 있다. 시프트의 설명을 직접 들어 보자.

> "타슈 신은 아슬란 님의 또 다른 이름이야. 우리만 옳고 칼로

르멘 사람들은 나쁘다는 옛날 생각은 어리석다. …… 타슈 신
은 너희가 알고 있는 그분의 또 다른 이름이야. …… 타슈 신
은 아슬란 님이야. 아슬란 님은 타슈 신이고."

'길들여지지 않는 사자'가 도무지 예측할 수 없는 존재를 의미한
다면, 그 정체가 사악한 악마가 아니라는 법이 어디 있겠는가? 이러
한 논리에서 아슬란과 타슈의 합성어, '타슐란'이라는 기발한 이름
이 등장한다. 이 이름 안에서는 선도 악도 무의미한 개념이 된다.

타슈와 아슬란이 같은 존재라는 시프트의 말에 나니아의 모든 말
하는 동물들은 더없이 슬프고 측은한 반응을 보인다. 그러나 예외가
있었다. 바로 말하는 고양이 진저다. 진저는 시프트가 칼로르멘에서
불러들인 리슈다 타르칸에게 그 말의 의미를 다시 확인한다.

"타르칸 나리, 저는 아슬란 님이 타슈 신이라는 말의 뜻을 정
확히 알고 싶습니다."
"똑똑한 고양이야, 분명히 내 뜻을 알아차렸을 텐데."
"그럼, 둘 다 없다는 거군요."
"깨우친 자들이라면 다 아는 사실이야."

이 정도 되면 진저가 '아슬란에 대한 신앙을 잃어버렸다'고 말하
긴 어려울 듯하다. 그는 자신의 패거리들을 이렇게 소개한다. "타슈
신이나 아슬란 님에 대해 아무 관심도 없고 자신의 이익만 좇는 자들

이 있습니다. 나니아가 칼로르멘의 영토가 될 때 티스로크 폐하께서
내리실지 모르는 어떤 보답에 눈독 들이는 자들 말입니다."

　진저는 아슬란도 타슈도 없다는 말을 마음껏 자기의 욕심을 추구
할 수 있다는 뜻으로 받아들였다. 마음대로 남을 착취하고 이용해도
무방하다는, 도덕과 윤리로부터의 무한 해방을 약속하는 독립선언문
으로 받아들인 것이다. 그렇다면 진저와 시프트 같은 자에게 속느니
차라리 길들여지지 않는 사자에 대한 얘기는 잊어버리고 나 혼자 잘
살면 되지 않을까?

흥, 누가 다시 속을 줄 알고?

〈마지막 전투〉에서 말하는 원숭이 시프트는 친구 당나귀 퍼즐에게
우연히 발견한 사자 가죽을 덮어씌워 아슬란 놀음을 벌인다. 그 결과
나니아는 큰 위기에 처하고 만다.

질과 유스터스, 티리언 왕과 유니콘 주얼 일행은 당나귀 퍼즐을 붙
잡아 온다. 이제 사자 가죽을 쓴 당나귀를 보여 주면 모두가 시프트
의 사악한 음모를 알게 될 것이다. 그들은 자신감을 가지고 칼로르멘
병사들을 해치우고 그들에게 끌려가던 난쟁이들을 풀어 준다. 그런
데 가짜 아슬란의 정체를 알고 난 뒤 난쟁이들은 전혀 뜻밖의 반응을
보인다.

　　"우리가 바보 멍청인 줄 아는가 보군. 우린 이미 한번 속았어.
　아슬란 이야기라면 우린 더 이상 듣고 싶지 않소."

그들은 '기다란 귀를 가진 늙은 당나귀'에 불과한 퍼즐을 가리키며 아슬란의 존재 자체를 부인한다. 그리고 거기서 한 발짝 더 나아간다. 한 가지 사기행각이 밝혀진 것을 근거로 그동안 나니아를 떠받쳐 온 모든 믿음과 신념 역시 사기라고 생각하게 된 것이다. 그리고 아슬란을 대리해서 통치하던 티리언 왕의 통치권에 대해서도 똑같은 회의를 드러낸다. 상당히 약았던 난쟁이들은 이제 더 이상 속지 않으리라 다짐한 것이다. 그렇다면 결론은 분명하다.

> "우리한테 아슬란이 필요 없듯 왕도 더 이상 필요 없소. 이제부터는 우리가 우리를 돌볼 생각이오. 어느 누구한테도 머리를 조아리지 않을 거요. 알겠소?" …… "아슬란도 싫고, 왕도 싫고, 다른 세계에 대한 바보 같은 이야기도 이제 신물이 났소. 난쟁이들은 난쟁이들만을 위해 살 것이오."

이제 난쟁이들은 아무도 믿을 수 없다고 말한다. 난쟁이들은 난쟁이들만을 위해 살 뿐, 아무도 믿어선 안 되는 것이다. 다른 사람의 모든 행동은 다 나름의 이해관계에 따른 계산된 행동에 불과하니까 말이다. 그래서 난쟁이들은 자신들을 구해 준 은혜도 모르고 고맙다는 인사조차 없는 배은망덕함을 나무라는 유스터스를 향해 이렇게 비아냥거린다.

> "구해 준 이유야 우리도 다 꿰뚫고 있지. 당신들도 우리를 이

용하고 싶었던 거야. 그래서 우리를 구해 준 거겠지. 자기네
들 멋대로 장난 좀 해 본 거면서 뭐."

난쟁이들은 그렇게 싸늘한 야유를 남기고 질 일행을 떠난다. 그러
나 그들이 단지 티리언 왕의 통치를 거부하고 자기들끼리 사는 것에
만족하지 않는다는 사실이 곧 드러난다. 나중에 티리언 왕은 칼로르
멘 군대에 맞서 싸우다 난쟁이들에게 싸움에 동참하라고 촉구하는
데, 그들은 코웃음을 치며 이렇게 대꾸한다.

"흥, 어림도 없다. 당신도 다른 놈들과 똑같은 엉터리 사기꾼
이야. 우리는 왕 따윈 필요 없어. 난쟁이들은 난쟁이 편일 뿐
이야. 흥!"

더 나아가 난쟁이들은 티리언 왕을 도우러 달려오는 수십 마리의
말하는 말들을 쏘아 죽인다. 한쪽으로 전세가 기우는 것을 원하지 않
았기 때문이다. 티리언 일행과 칼로르멘 군대의 가운데에 자리 잡은
난쟁이들은 칼로르멘 군대에도 화살을 쏘아 댄다. '원숭이나 사자나
왕을 원하지 않는 것처럼 그들도 필요 없기' 때문이었다. 이제 '난
쟁이는 그냥 난쟁이 편'이라는 의미가 분명하게 드러난다.

난쟁이들은 안전한 곳으로 쉽게 도망갈 수도 있었다. 그러나
그들은 양쪽 편이 서로를 죽여 자기네들의 수고를 덜어 줄 때

를 빼고는 양쪽 편을 될 수 있는 대로 많이 죽이려고 자리를
지키고 있었다. **난쟁이들은 나니아를 차지하고 싶었던 것이
다.**

처음에는 속은 데 대한 원통함 때문에 다시 속지 않으리라는 다짐
이 나왔을 것이고, 그러기 위해서는 아무도 믿지 않아야 한다는 결심
또한 나왔으리라. 그러다 자신들을 속이고 이용할 만한 모든 세력을
물리치고 자기들만의 세상을 만들어야겠다는 다짐까지 하게 되었는
지도 모른다. 그들은 더 이상 속지 않을 자유, 누구의 다스림도 받지
않을 자유를 원했던 것이다. 그러다가 결국 칼로르멘 군인들의 손에
붙잡히고 만다. 그리고 얼마 후 그들 앞에 아슬란이 나타난다. 아슬
란이 그들 앞에서 포효하는데도 그들의 반응은 실로 답답하기 짝이
없다.

"저 소리 들었어? 우릴 겁주려는 거지. …… 기계 따위로 낸
소리일 테니 신경 쓰지 말자. **다시는 우릴 속이지 못할 거야.**"

그뿐이 아니다. 아슬란이 갈기를 흔들어 온갖 진수성찬을 차려 주
는데 난쟁이들은 걸신들린 듯 먹고 마시면서도 그 맛을 알지 못한다.
파이와 혓바닥 고기와 비둘기 요리를 먹으면서도 건초, 순무 쪼가리,
양배추 잎을 먹는다고 궁싯대고, 진한 포도주를 마시면서도 '여물통
에 든 더러운 물'을 마신다고 불평한다. 그러다 다른 난쟁이가 제 것

보다 좋은 것을 먹는다고 생각하고 서로 치고 받고 싸움을 벌인다. 결국엔 시퍼렇게 멍든 눈과 피가 흐르는 코를 어루만지면서 "그래도 여긴 우릴 속일 사람이 없다"고 흡족해한다. 아슬란은 그들에 대해 이렇게 말한다.

> "저들은 우리의 도움을 바라지 않는다. 저들은 믿음 대신 교활함을 선택했느니라. 저들의 감옥은 각자의 마음속에 있을 뿐이다. 그런데 지금 저들은 그 감옥에 갇혀 있구나. 속는 것이 너무 두려운 나머지 나오려고 하지 않는 게다."

더 이상 아무에게도 속지 않고 자신들의 삶을 스스로 책임지리라는 난쟁이들의 다짐은 결국 그들을 얽매는 감옥이 되고 말았다. 그렇게 반대로만 치닫는다고 해서 해결될 문제가 아니었다. 자, 이제 나니아의 선량한, 말하는 동물들의 입장이 되어 진저나 시프트 같은 작자들의 속임수에 넘어가지 않을 방법을 생각해 보자.

길들여지지 않는 사자의 야성적 사랑

말하는 동물들은 아슬란에 대해 분명한 지식이 있어야 했다. 아슬란이 나니아를 위해 어떤 일을 했는지, 그 역사적 사실을 분명히 붙잡아야 했다. 티리언 왕은 그것을 알고 있었다. 그는 묶여 있는 신세로 거의 체념하고 있었지만, 주위 동물들이 모두 아슬란과 타슈가 하나라고 믿는 것을 보자 더 이상 참지 못하고 거짓말이라고 외친다.

그리고,

> 자기 백성의 피를 먹고 사는 그 무시무시한 타슈 신이, 어떻게 모든 나니아 백성들을 자신의 피로 구한 선량한 사자와 같은지 물으려고 했다.

그러나 불행히도 티리언 왕에게는 그런 기회가 주어지지 않았다. 옆에서 지키고 있던 칼로르멘 사람들이 그의 입을 틀어막고 발길로 걷어찼기 때문이다. 루이스는 그 상황을 이렇게 분석하고 있다.

> 만일 티리언 왕에게 계속 말할 기회가 주어졌다면 원숭이의 통치는 그날로 끝났을지도 모른다. 나니아의 말하는 동물들이 진실을 깨닫자마자 원숭이를 쓰러뜨렸을 테니까.

길들여지지 않는 사자는 곧 자유로운 사자다. 그러나 그것이 무엇이든 제 맘대로 처리하고 남을 부려 먹기만 하는, 어디로 튈지 도무지 예측할 수 없는 폭군이라는 뜻일까? 시프트를 비롯한 나니아의 원수들은 그 말의 의미를 그런 식으로 곡해했다. 말하는 동물들이 티리언 왕처럼 아슬란에 대한 역사적 사실을 굳게 붙들고 있었다면 나니아는 그렇게 허무하게 망하지 않았을 것이다. 아슬란이 어떤 존재인지, 그가 나니아를 위해 어떤 희생을 치렀는지 분명히 깨달았다면, '길들여지지 않는 사자'의 의미를 그런 식으로 오해하진 않았을 것이다.

〈사자와 마녀와 옷장〉에서는 아슬란이 어떤 존재인지, 어떤 맥락
에서 그의 '야성'을 이해해야 하는지 알 수 있게 해 주는 사건이 등
장한다. 페번시 사남매 중 셋째인 에드먼드는 흰 마녀를 만나 마법의
터키 젤리를 얻어먹은 후 배신자가 되고 만다. 아슬란이 나타나 에드
먼드를 구출해 내지만, 마녀가 아슬란에게 찾아와 심오한 마법을 상
기시킨다. 그 내용은 "모든 배신자는 흰 마녀의 합법적인 포로로서
마녀한테 속하며, 죽일 권리도 마녀에게 있다"는 것이었다. 아슬란
이 자신의 목숨을 대신 내놓기로 하자 마녀는 에드먼드에 대한 권리
를 포기한다. 그날 밤, 마녀는 아슬란의 털을 모두 깎아 버리고 돌 탁
자에 묶어 놓는다.

마녀는 칼을 내리치기 직전에 허리를 굽히고 떨리는 목소리
로 말했다. "자, 누가 이겼지? 얼간이 같은 놈. 네가 이런다고
그 배신자 놈을 구할 수 있을 성싶으냐? 이제 나는 계약대로
그놈 대신 널 죽일 것이고, 그리하여 심오한 마법은 그대로
지켜질 것이다. 하지만 네가 죽으면, 내가 그놈을 죽이지 못
할 것 같으냐? 그 다음에는 누가 내 손아귀에서 그놈을 구해
내겠느냐? 넌 내게 나니아를 영원히 넘겼다는 사실을 알아야
돼. 너는 네 목숨은 물론 그놈의 목숨도 구하지 못하게 된 거
야. 그런 줄이나 알고 절망하면서 죽어라!"

마녀는 아슬란의 행동을 도저히 이해할 수 없었다. 자신은 어떤 위험도 감수하지 않으려 하고 자신의 이익을 위해 다른 사람들을 철저히 짓밟아 온 마녀가 볼 때 아슬란의 행동은 어리석기 그지없는 것이었다. 자신의 이익을 위해서만 살아가도록, 철저히 '이기심에 길들여진' 마녀에게 자기 몸을 아낌없이 내던지는 아슬란의 '야성적 사랑'은 상상도 할 수 없는 것이었다. 길들여지지 않는 사자 아슬란은 자신이 창조한 나니아를 위해, 그리고 배신자 에드먼드를 위해 스스로 고통과 죽음의 길을 선택한다. 반면에 마녀는 거기에 '태초 이전의 더욱 심오한 마법'이 있음을 알지 못했다. '결백한 자가 반역자의 죄를 대신하여 스스로 목숨을 바치면 돌 탁자는 깨지고 죽음 그 자체가 다시 원상태로 돌아간다는 것'이 그 내용이다.

루이스는 《스크루테이프의 편지》에서 노련한 악마 스크루테이프의 입을 빌려 지옥의 철학을 소개한다. 하얀 마녀가 아슬란을 죽이고 나니아를 차지하게 되었다는 기쁨에 들떠 있다가 나중에 더욱 심오한 마법으로 부활한 아슬란을 보았을 때도 같은 생각을 했을 듯싶다.

> 나한테 좋은 건 나한테 좋은 거고, 너한테 좋은 건 너한테 좋은 거지. 누군가 얻은 게 있으면 다른 누군가는 잃은 게 있는 법이다. 심지어 무생물도 다른 사물들을 공간에서 밀어내고 그 자리를 차지함으로써 존재한다. …… 짐승한테 흡수란 잡아먹는 것이고, 우리한테 흡수란 강한 자아가 약한 자아의 의지와 자유를 빨아들이는 것이다. '존재한다'는 것은 곧 '경쟁

한다'는 뜻이다. …… 사실 원수(악마의 입장에서 본 그리스도)가
인간을 진심으로 사랑한다고 한 건…… 말도 안 되는 헛소리
고말고. 원수도 하나의 존재이고 인간은 그와 별개로 존재하
는데, 인간에게 좋은 게 원수한테도 좋을 리가 있겠느냐. ……
인간을 창조해 놓고 그렇게나 수고스럽게 애쓰는 데는 무언가
숨겨진 진짜 동기가 있는 게야. …… 대체 원수는 인간들에게
서 무얼 얻으려는 심산일까? 정말 알 수 없는 노릇이다.

아슬란의 '야성'을 논할 때는 '많은 물이 꺼치지 못하겠고 홍수라
도 엄몰하지 못하'는 그의 사랑을 반드시 염두에 두어야 한다. 이것
에 대한 분명한 지식이 있었다면 나니아 백성은 시프트나 진저 같은
사기꾼들의 속임수에 넘어가지 않았을 것이다. 〈마법사의 조카〉에서
아슬란은 이런 일들을 예견한 듯 나니아를 창조한 직후 말하는 동물
들에게 이렇게 말한다.

> "나는 너희에게 이 나니아 땅을 영원히 줄 것이다. 나는 너희
> 에게 숲을 주고, 과일을 주고, 강을 주었노라. 나는 너희에게
> 별을 주고, **나 자신을 주겠노라.**"

피조물들에게 뭔가 내줄 필요는 전혀 없었지만 그들을 위해 기꺼
이 자기 자신을 내주는 것, 그것이 바로 '길들여지지 않는 사자' 아
슬란의 참모습이다.

3. 우리를 길들이려는 것들

> "사람들이 비참한 대가를 치르면서까지 지키려고 고집하는 것들이 늘 있게 마련이지. 사람들은 기쁨보다 더 좋아하는 것, 즉 실재보다 더 좋아하는 것을 늘 갖고 있다네. 미안하다고 말하고 화해하느니 차라리 저녁도 못 먹고 놀지도 못하는 편을 택하는 버릇없는 아이들을 보면 쉽게 알 수 있지 않나. 흔히 아이들의 그런 행동을 '심통 부린다' 고들 하지. 하지만 어른이 그런 짓을 할 때는 수백 가지 근사한 이름들을 붙여 놓는다네. …… 복수, 명예 훼손, 자존심, 비극적 위대함, 정당한 자존심 따위의 이름들 말일세."
>
> ─《천국과 지옥의 이혼》에서

〈말과 소년〉의 주인공 브레는 어릴 때 칼로르멘에 잡혀 가 군마로 자라난다. 브레는 말하는 말인 자신의 정체를 철저히 숨기고 살다가 기회를 타서 자유로운 나니아로 돌아가기 위한 여행길에 오른다. 그러나 브레가 "행복한 나라…… 거기서의 한 시간은 칼로르멘의 천년 세월보다 더 좋아"라고 극찬한 나니아로 가는 길은 결코 만만하지 않았다. 외부적인 어려움과 난관은 물론이거니와 그의 내면에도 나니아로 가는 길, 자유인이 되는 삶을 가로막는 방해물이 있었다.

길들여지지 않는 사자 아슬란은 나니아가 자유로운 나라가 되기를 원했다. 나니아의 성격과 그곳에서의 자유로운 삶에 대해서는 다음 장에서 자세히 다루기로 하고, 이 장에서는 아슬란이 주고자 했던 자유를 빼앗고 나니아인들을 길들이고자 하는 것들에 대해서 생각해 보자.

텔마르인들을 때려 부술 수만 있다면—니카브릭의 증오

〈캐스피언 왕자〉에서는 니카브릭이라는 난쟁이가 등장한다. 그는 나니아를 정복해 나니아 백성을 죽이고 내쫓은 텔마르인들을 증오한다. 그는 아슬란 편이 아니라 반(反) 텔마르인의 편이다.

"나는 나니아로부터 저주받은 텔마르 야만인들을 쫓아내 버리거나 그들을 완전히 때려 부술 수 있는 것이라면 그것이 사람이든 무엇이든 가리지 않고 믿겠소. 사람이라도 좋고 아니라도 좋소. 아슬란이건 '혹은' 하얀 마녀건 상관 않겠소."

니카브릭은 나쁜 난쟁이인가? 그렇지 않다. 그는 철저히 현실적으로 생각할 따름이다. 그의 목적은 텔마르인 타도, 이 한 가지뿐이다. 그런데 하얀 마녀가 지금 나니아를 다스리는 텔마르인 왕보다 훨씬 사악한 존재라면 어떻게 할까? 캐스피언 왕자는 하얀 마녀가 '우리 모두의 가장 사악한 적'이자 지독한 폭군이었다는 사실을 상기시킨다. 그러자 니카브릭은 이렇게 대답한다.

"글쎄요. 당신들 같은 인간에게는 그랬었는지도 모르지요. …… 짐승들 중에서도 몇몇 다른 짐승들에게는 그렇게 대했을 수도 있죠. …… 하지만 그녀는 우리 난쟁이들하고는 사이 좋게 지냈습니다. 난쟁이로서 나는 당연히 난쟁이들 편에서 난쟁이들을 돕겠습니다. '우리'는 하얀 마녀를 두려워하지 않습니다."

텔마르인들에 대한 니카브릭의 증오는 나날이 커져 그들을 물리칠
수 있다면 누구와도, 심지어 '하얀 마녀'와도 함께할 수 있다는 생
각을 낳았다. 그런데 하얀 마녀가 사악한 자라면? 나니아 백성을 괴
롭히고 억압하고 죽인다면? 니카브릭은 그것도 감수할 수 있었다.
그런 것쯤은 불가피한 희생이라 여겼기 때문이다. 단서조항은 '난쟁
이들을 괴롭히지 않는다'만으로 충분했다. '텔마르인 타도'라는 대
의명분이 모든 것보다 앞선 것이다.

결국 니카브릭은 자신의 생각을 실행에 옮긴다. 마법의 뿔나팔을
불어 봤지만 도움의 손길은 오지 않았고, 아슬란 편에겐 더 이상 바
랄 게 없다고 생각한 니카브릭은 다른 쪽에서 도움을 구하기로 한다.
그래서 그는 두 친구를 데려온다. 그 둘의 도움으로 자신의 계획을
실천에 옮기려는 것이었다. 그의 계획은 흑마술을 사용해 저주받은
마녀의 망령을 불러들이는 것이었고, 친구들의 정체는 마귀할멈과
인간늑대였다.

캐스피언 왕자는 니카브릭에 대한 아쉬움과 연민을 다음과 같이
표현한다.

"니카브릭이 안됐어. …… 너무 오랫동안 고통과 증오 속에서
살아왔기 때문에 성격이 비뚤어진 거야. 우리가 신속하게 승
리를 거두었더라면, 평화로운 세상에서 선량한 난쟁이로 변

했을지도 모르는 일인데."

니카브릭이 오랫동안 고통과 증오 속에서 살아왔고, 그것이 안타까운 일인 것은 분명하다. 그러나 오랫동안 시달린 것으로 말하자면 다른 나니아 백성도 마찬가지였는데, 왜 유독 그만 그렇게 비뚤어졌을까? 캐스피언 왕자와 다른 말하는 동물들과 함께 아슬란 편에서 오랫동안 힘들게 싸운 그가 아니었던가? 캐스피언 왕자가 한 말 중에 "우리가 신속하게 승리를 거두었더라면"이 적당한 단서가 될 듯하다. 니카브릭은 나름대로 시한을 정해 놓고 있었던 것이다. 아슬란과 나니아의 친구들이 '텔마르인을 타도'할 능력을 증명해 보일 시한을 임의로 정해 놓았던 것이다. 그가 원한 것, 최종 목표는 증오심을 충족시키는 것이었으므로 그 목표를 제때 달성할 의지나 능력이 없는 것으로 '판명된' 상대와는 결별하는 게 당연했다. 증오심에 사로잡혀 그것을 중심에 놓았기 때문에 결국 다른 모든 것이 뒤틀리고 말았던 것이다.

이와 정반대의 태도를 보여 주는 사람이 있다. 나니아의 독립을 도우러 온 피터였다. 그는 자신과 동료들의 역할에 대해서 이렇게 말한다.

"아슬란이 언제 행동을 개시할지 우리로서는 알 수 없는 일이오. 시간은 우리가 선택하는 것이 아니라 아슬란 자신이 직접 선택할 것이오. 그때까지 아슬란은 우리가 할 수 있는 일을 우리 자신이 하기를 바랄 것이오."

피터는 반(反) 텔마르인 편이 아니었다. 그는 아슬란 편이었고, 아슬란이 다스리는 나니아 편이었다. 그렇기 때문에 그는 아슬란이 기대만큼 빨리 움직이지 않는다 해도 자신에게 주어진 일을 묵묵히 감당할 수 있었다. 가장 중요하게 여기는 목표가 그 사람이 택할 수 있는 노선을 정했고, 결국 그것이 모든 것을 갈라놓았다.

그들을 왜 써먹지 않겠는가—앤드루·마녀의 이기심

〈마법사의 조카〉에는 생김새는 전혀 다르지만 닮은꼴인 등장인물들이 있다. 디고리의 외삼촌 앤드루와 마녀가 그렇다. 앤드루는 약속을 안 지킨 자신을 질책하는 디고리에게 이렇게 말한다.

> "사내라면 무릇 약속을 지켜야 한다 그 말이구나. …… 은밀한 지혜를 지닌 나 같은 사람들은 일상적인 기쁨에서 제외당하고 있듯이 또한 일상적인 규범에서도 벗어나 있다는 말이다. 우리는 고귀하고 외로운 운명을 지닌 사람들이란다."

마녀 제이디스 여왕에게서도 똑같은 이야기를 들을 수 있다.

> "너나 일반 사람들에게는 그릇된 일일지라도 나 같은 위대한 여왕이 행할 때에는 결코 그릇된 일이 아니다. 나는 나의 어

깨 위에 온 나라를 짊어지고 있다. 그러므로 나는 모든 규범
으로부터 자유로워야만 하는 것이다. 고귀하고도 외로운 것
이 여왕의 운명이다."

그럴듯하게 포장되어 있지만 이 말들은 '자기가 원하는 것을 손에
넣기 위해서는 무슨 일을 해도 괜찮다고 생각한다는 뜻'일 뿐이다.
제이디스 여왕은 '무서운 저주'를 통해 자신이 살던 세상을 모조리
멸망시킨 잔인한 마녀였다. 그 때문에 죽어간 사람들은 어떻게 되는
거냐고 묻는 디고리와 폴리에게 제이디스는 이렇게 답한다.

"나는 여왕이었다. 그들은 모두 '나의' 사람들이었고, 내 뜻
을 받들기 위한 것만이 그들이 사는 목적이었단 말이다."

그녀에게 자신이 원하는 것을 원하는 때 얻기 위해 쓸 수 없는 방
법이란 없다. 다른 모든 존재는 자신의 목적을 달성하기 위해 얼마든
지 처분할 수 있는 물건에 불과했다. 앤드루에게서도 동일한 태도를
볼 수 있다. 폴리를 속여 딴 세상으로 보내 버린 후, 앤드루는 디고리
에게 반지를 가지고 그곳으로 찾아가 폴리를 데려오라고 한다. 어떤
위험이 도사리고 있을지 모르는 그곳에 먼저 가 있는 폴리는 안전할
까? 앤드루에게 이 질문은 디고리를 그 세상으로 보내기 위한 협박
의 도구 그 이상도 이하도 아니었다. 윤리와 도덕은 복종해야 할 규
범이 아니라 제 뜻에 맞게 써먹을 도구였던 것이다.

찬에서 그녀는 자기가 이용하고 싶은 아이가 디고리였으므로
폴리에게는 마지막 순간을 제외하고는 아무런 관심도 보이지
않았다. 그런데 이제 앤드루 외삼촌을 손에 넣게 되자, 그녀
는 디고리에게 전혀 관심이 없어졌다. …… 마녀들은 원래 자
기에게 이용가치가 없는 물건이나 사람들에게는 흥미 없어
하는 법이다. 끔찍하게 실리적인 사람들이니까.

자기는 무서워서 못 가는 곳에 어린아이들을 속이고 협박해서 보
내는 앤드루. 자신의 승리를 위해 자기 이외의 모든 사람을 죽이는
일도 아랑곳하지 않는 마녀. 이들은 다른 모든 존재를 순전히 자기
목적을 위해 이용할 대상으로만 본 것이다.

외양이 너무 달라서 평소에는 그 둘이 닮은꼴이라는 사실을 잘 깨
닫지 못한다. 힘의 차이 때문에 앤드루는 자기중심성의 결과가 교활
함과 아이들을 속이는 정도에 그치지만, 마녀는 수많은 사람들을 괴
롭히고 다치고 죽게 만든다. 그러나 루이스는 《순전한 기독교》에서
분노에 대해 말하며 외양의 차이점에 속으면 안 된다고 지적한다.
"한 사람은 분을 터뜨려 수천 명의 피를 흘릴 수도 있고, 또 한 사람
은 분을 터뜨렸다가 조롱만 당할 수도 있습니다. 그러나 그 행동으로
영혼에 작은 흔적을 남겼다는 점에서는 두 사람이 똑같습니다."

앤드루는 단순히 폴리와 디고리를 이용하지만 마녀는 한발 더 나
아가 디고리를 자기 편으로 끌어들이려 노력한다. 그럴듯한 논리를
펴면서 자기와 똑같은 길로 들어서라고 유혹한다(디고리의 유혹에 대

해서는 2부의 "마법사의 조카" 편을 참고하라).

떠나야 할 때와 맡겨야 할 때 – 아라비스와 에드먼드

〈말과 소년〉의 여주인공 아라비스는 칼로르멘 제국의 귀족 딸로 아쉬울 게 없는 삶을 살았다. 그러나 신임 칼로르멘 총리인 늙은 아호슈타 타르칸과 혼사가 잡히면서 더 이상 살아갈 희망을 잃고 자살을 결심한다. 그런데 아라비스의 말 휜이 갑자기 죽지 말라고 입을 여는 게 아닌가. 알고 보니 휜은 나니아에서 잡혀 온 말하는 말이었다. 둘은 의기투합하여 나니아로 달아나기로 결심한다.

나니아의 자유를 찾아 여행을 떠난 아라비스지만 칼로르멘 식의 사고방식을 완전히 벗어던지진 못한 상태다. 역시 말하는 수말인 브레가 휜에게만 말을 걸자 아라비스는 왜 자기를 제쳐 두고 자기 말에게만 얘길 하느냐고 따진다. 브레의 대답이다.

> "미안하지만 타르케나, 그건 칼로르멘 식 말투야. 우리, 그러니까 휜과 나는 자유로운 나니아 국민이야. 네가 지금 나니아로 도망치는 중이라면 너도 나니아의 자유인이 되고 싶다는 얘기 같은데, 그렇다면 휜은 더 이상 네 말이 아니야. 방금 네 말은 네가 휜의 주인이라는 뜻이나 마찬가지야."

아라비스는 무슨 말인가 하려다가 입을 다물고 만다. 그런 식으로 생각해 본 적이 없었던 것이다. 그러나 이제부터는 그렇게 생각해야 한다. 나니아는 나뿐 아니라 모두가 자유를 누리는 곳이다. 이제 아라비스는 칼로르멘에서 명령하고 군림하던 버릇을 버리고 동등한 입장에서 서로 존중하는 법을 배워야 한다. 노예처럼 꾸미고 누가 볼까봐 몸을 숨기면서 칼로르멘의 수도 타슈반을 지나가던 중에 아라비스는 이상야릇한 표정을 짓는다. 자신은 '노예들을 거느리고 병사들을 앞세운 채 가마를 타고 티스로크 황제의 궁정 연회에 가야 제격인 몸'이라는 생각에서 벗어나지 못했기 때문이다.

그러나 그 둘을 동시에 가질 수는 없다. 아라비스는 늙은 귀족의 아내가 되어 호사스러운 생활을 하고 있는 친구 라사랄렌의 집에서 자신이 어느 쪽을 택해야 할지 분명하게 깨닫는다. 라사랄렌은 아라비스가 조금이라도 분별 있게 행동한다면 지금이라도 총리대신의 아내가 될 수 있다고 설득하지만, 아라비스는 더 귀한 것, 자유를 선택한다. 그리고 그것이 어떤 의미인지를 분명히 인식한 듯 친구에게 이렇게 말한다.

"너, 나니아에서는 나도 그 애처럼 평범한 아이가 된다는 사실을 잊고 있구나."

〈말과 소년〉의 샤스타는 그를 괴롭히던 외적인 조건들, 비천한 지위와 노예 같은 상황을 벗어나고자 나니아로 출발한다. 샤스타는 나니아로 가는 것만으로 충분했다. 칼로르멘에 아무런 미련이 없었기 때문이다. 그러나 아라비스는 달랐다. 아라비스는 칼로르멘을 떠나면서 그곳에서의 특권과 함께 특권의식도 버려야 했다. 아라비스와 샤스타는 칼로르멘에서 전혀 다른 처지에 있었지만 같은 것, 자유를 선택했다. 아라비스가 특권의식을 떨쳐 버릴 수 없다면 나니아로 가서도 그곳의 자유를 만끽할 수 없을 것이다. 하지만 아라비스가 샤스타보다 더 큰 것을 포기했다고 볼 수는 없을 듯하다. 둘 다 더 좋은 것을 선택했을 뿐이다.

그렇게 훌훌 털고 떠나는 것으로 모든 문제가 해결될 수 있다면 얼마나 좋을까. 그러나 그렇지 못한 경우도 있다. 우리가 저지른 잘못은 훌훌 벗어 버릴 수 없는 것이고, 계속해서 우리를 옥죄기 때문이다. 〈사자와 마녀와 옷장〉에서 에드먼드는 터키 젤리의 유혹에 넘어가 돌이킬 수 없는 잘못을 저지른다. 배신자가 된 것이다. 아슬란의 출현으로 새로운 희망에 부푼 일행에게 하얀 마녀가 찾아와 이렇게 말한다. "저기 배신자가 있다." 하얀 마녀가 에드먼드를 가리키며 "저 인간은 내 것이오. 그의 목숨은 내가 몰수하겠어. 그의 피 역시 내 소유지"라고 큰소리칠 때 에드먼드의 심정은 어땠을까?

> 에드먼드는 맞은편에 서서 줄곧 아슬란의 얼굴을 바라보고 있었다. 숨이 콱 막혀 오며 무슨 말이든 해야 하는 게 아닐까 싶기도 했다. 그러나 곧 자기가 할 일은 오로지 기다리는 것과 아슬란의 말대로 행동하는 것임을 깨달았다.

에드먼드는 그런 당혹스러운 상황에서 한없이 비참해지고 자괴감을 이기지 못해 될 대로 되라는 식으로 나올 수도 있었을 것이다. 자기가 저지른 일이니 어떻게든 자기가 처리하겠다고 큰소리칠 수도 있었을 것이다. 그러나 에드먼드는 아슬란과 대화를 나눈 뒤 지금까지 겪은 일들과 자신에 대한 생각을 완전히 정리했다. 그는 마녀가 무슨 소리를 하든 '그저 아슬란만 바라보았다.' 아슬란은 누가 어떤 잘못을 저지르면 마치 자신에게 죄를 범한 듯 장본인을 추궁한다. 모든 범죄와 잘못은 창조주이자 주권자인 아슬란을 향한 것이기 때문이다. 그리고 아슬란 앞에서 자신의 잘못을 인정한 에드먼드는 그 문제를 온전히 그에게 맡긴다.

그 후 에드먼드는 배신자였던 자기 잘못에 대한 죄책감과 자괴감을 벗되 그 사건이 준 교훈은 두고두고 되새기는 모습을 보여 준다. 한 장면만 살펴보자. 〈말과 소년〉을 보면 아첸랜드를 불시에 공격하려다 실패하고 사로잡힌 칼로르멘 제국의 라바다슈 왕자를 어떻게 해야 할지 상의하는 장면이 나온다. 그때 누군가 그가 저지른 습격은 암살 시도나 마찬가지였다면서 목을 베자고 말한다. 그러자 에드먼드는 신중하게 이렇게 대답한다.

> "하지만 반역자도 잘못을 뉘우칠 수 있는 법입니다. 나는 그런 예를 알고 있어요."

마법보다 무서운 유혹—안락함

〈사자와 마녀와 옷장〉에서 하얀 마녀는 무서운 마법으로 나니아를 크리스마스도 없는 영원한 겨울로 만들고 마법의 지팡이를 휘둘러 자신에게 대항하는 모든 자를 석상으로 만들어 버린다. 말하자면 움직이지 못하도록 몸의 자유를 빼앗아 버린 것이다. 한편 〈은의자〉에 나오는 마녀는 사뭇 다른 모습을 보여 준다. 릴리언 왕자를 홀려서 지하세계로 데려온 후 그의 정신을 혼미케 해서 몹쓸 마법에 걸려 있는 그를 자신이 살려 준 것이라고 믿게 만든다. 이것은 마음의 자유를 빼앗은 것으로 볼 수 있다. 몸의 자유를 빼앗는 것도 무섭지만 마음의 자유를 빼앗는 것 또한 그에 못지않게 끔찍하고 무서운 일이다.

그런데 그런 마법보다 더 무서운 것이 있다. 제 발로 사지(死地)를 향해 걸어가도록 만드는 유혹의 위력이다. 〈은의자〉의 주인공 질과 유스터스는 실종된 나니아의 릴리언 왕자를 구해 오라는 아슬란의 명령을 받고 마슈위글 퍼들글럼을 안내자 삼아 힘겨운 여행을 떠난다. 여행 도중 그들은 초록색 옷을 입은 숙녀를 만나는데, 그녀는 그들에게 하팡으로 가라고 알려 준다. 그곳에는 온화하고 세련되고 정중하고 공손한 거인들이 살고 있다고 했다. 그들이 따뜻한 욕탕, 부드러운 침대와 함께 극진하게 대접할 것이라고 말한다. 숙녀와 헤어진 후에 두 가지 변화가 일어난다. 우선 길이 더 험해졌다. 그리고 또 하나는,

> 그 숙녀가 일행에게 하팡에 대해 말해 준 의도가 무엇이었든 간에, 그 이야기가 아이들에게 끼친 영향은 나쁜 것이었다. 아이들의 머릿속은 침대와 욕실과 따끈한 음식으로 가득 차

있었으며, 실내에 들어가 있게 된다면 얼마나 좋을까 하는 생각 이외에는 아무 생각도 할 수 없었던 것이다. 아슬란에 대해서는 입도 열지 않았으며, 이제는 잃어버린 왕자에 대해서 조차 일체 말이 없었다.

하팡에서 그들은 숙녀의 말대로 따끈한 물로 목욕을 했고 따뜻한 숙소와 음식을 대접받았다. 혹독한 추위도 피할 수 있었다. 그러나 당장 몸은 편했지만 무시무시한 운명이 그들을 기다리고 있었다. 그래서 그들은 목숨을 건 탈출을 시도하게 된다. 그곳은 다름 아닌 사지였기 때문이다. 그들은 마법에 홀려 사지로 끌려간 것이 아니라 자신들이 원하는 바를 얻고 싶은 마음 때문에 스스로를 사지로 몰아갔던 것이다.

질 일행은 가까스로 하팡에서 탈출하지만 이번에는 지하세계 난쟁이들의 포로가 되고 만다. 마슈위글 퍼들글럼은 지하인들에게 잡혀 낙담한 질을 이렇게 위로한다.

"네가 꼭 기억해야만 할 게 하나 있어. 우리는 이제 바른길로 들어섰다고 하는 사실이야. 우린 폐허의 도시 아래로 가야 했는데 지금 우리가 있는 곳이 바로 그 아래라고. 우린 다시 표적의 지시사항을 따라가고 있는 중이란다."

당장의 상황은 한없이 낙담이 되지만 그들은 바른길에 들어서 있었고 그것이 무엇보다 중요했다. 몸에 편하고 좋아 보이는 것이 진정 좋은 것이 아닐 때도 많다. 반면 괴롭고 힘든 것들이 결국 유익한 다른 목적을 이루는 경우도 많다.

타인의 시선, 그 올바른 자리매김−브레와 유스터스

브레는 어린 시절 칼로르멘에 잡혀 와 말을 못 하는 말인 척 자신을 숨기고 살아오다가 나니아를 향해 탈출의 길을 떠난다. 브레는 오랫동안 칼로르멘에서 군마로 자라면서 여러 습성을 익히게 되었는데, 그러면서도 자유로운 나니아에 대한 갈망을 잃진 않았다. 그 결과 브레는 자유가 무엇인지도 모른 채 자유를 갈망하는 얄궂은 처지가 된다. 우선 브레는 자신을 채찍질해서라도 해야 할 일을 감당하는 '참자유'의 의미를 알지 못했다. 그래서 "오랫동안 노예로 있었거나 시키는 일을 억지로 하도록 길들여진 이들처럼, 브레는 강압적으로 시키는 사람이 없는 상황에선 스스로 뭔가를 하려 들지 않았다."

브레에겐 자유의 동반자인 극기가 부족할 뿐 아니라 자유인의 소양이라 할 만한 자신감과 분명한 자기 인식도 부족했다. 자유인으로서의 자기 정체성이 없는 브레가 제 모습을 찾아갈 방법은 다른 자유인의 모습을 보는 것뿐이었다. 그러나 나니아로 들어가기 전까지는 비교할 대상이 없었으니 결국 혼자서 상상하는 수밖에 없었다. 계속 '이렇게 하면 다른 말하는 말이 어떻게 생각할까?' '나니아에서 말하는 말들은 이런 것을 할까?' 걱정하면서 말이다. 실재가 아닌 상상 속의 타인의 시선, 그것이 아슬란의 명령과 참자유를 대체하고 말았다(브레의 고민에 대해서는 2부의 "말과 소년" 편을 참고하라).

타인의 시선을 너무 의식하는 것도 문제지만 타인의 시선을 너무 의식하지 않는 것 역시 문제다. 그것은 타인의 시선이 아슬란의 명령처럼 절대적인 기준이기 때문이 아니라, 그것이 자신의 모습을 돌아보게 만드는 계기가 될 수 있기 때문이다. 〈새벽출정호의 항해〉에 처음 등장하는 유스터스의 모습은 정말 가관이다. 일행과 함께 노예상인들에게 사로잡혀 노예시장에 끌려갔을 때, 너무도 심술궂은 모습에 아무도 유스터스를 사려고 하지 않았을 정도다. 그러나 유스터스의 일기장에는 자신이 얼마나 훌륭한지, 다른 사람들이 얼마나 나쁜지에 대한 한결같은 확신이 드러나 있다.

유스터스는 나중에 용이 된 이후에야 자신이 동료들에게 얼마나 귀찮은 존재였는지 깨닫게 된다. 일반적으로 사람은 객관적으로 자신을 보기 어렵다. 그러므로 타인의 시선과 목소리를 주의하고 경청해서 자신을 경계하는 것은 유익한 일이다. 용이 되기 전에 유스터스는 진심어린 충고와 위로를 하는 캐스피언을 "얄밉고 시건방진 잔소리꾼"이라 불렀다. 그러나 용이 된 후 비로소 자신이 정말 좋은 사람이라는 평소 생각에 의문을 품게 된다.

〈말과 소년〉에서 칼로르멘의 왕자 라바다슈도 남의 시선을 전혀 의식하지 않고 자신의 욕구에만 끝없이 충실한 사람이었다. 유스터스와 라바다슈는 앤드루와 마녀처럼 외모와 지위는 달랐지만 분명히 닮은꼴이었다. 그러나 당나귀로 바뀌는 수모를 겪은 라바다슈의 반응은 용이 된 유스터스의 반응과 전혀 달랐다. 유스터스는 용의 험악한 모습에서 자신의 실체를 보았고 결국 회개하기에 이르렀다. 그러나 라바다슈는 분통을 터뜨리며 발길질을 해댔다.

타인의 시선에 휘둘려 남들 눈치나 보고 살아선 안 되지만, 안하무인도 곤란하다. 타인의 시선을 자기 경계의 기회로 활용하는 지혜가 필요하다. 그렇지 않으면 유스터스와 라바다슈처럼 만인이 보는 앞에서 수치스러운 방식으로 자신의 실체를 깨닫게 될 것이다. 물론 유스터스처럼 그렇게 해서라도 겸손하게 자기 실체를 인정하고 아슬란의 도움을 받는다면 심히 다행한 일이다.

무엇을 두려워하는가-수잔과 루시

수잔은 남매들과 함께 나니아를 다스렸고 여러 모험에 참가했다. 그녀는 루시와 더불어 아슬란이 목숨을 잃기 직전까지 함께했고, 루시와 함께 부활한 아슬란을 처음으로 만났다. 그런데 그런 수잔이 나니아를 어린 시절의 유치한 장난 정도로 여기게 된다. 〈마지막 전투〉에서 피터는 수잔에 대해 "더 이상 나니아의 친구가 아니"라고 한마디로 일축한다. 수잔은 왜 그렇게 된 것일까? 분명한 이유는 나와 있지 않지만 추측은 해 볼 수 있다. 〈새벽출정호의 항해〉를 보면 수잔에 대한 어른들의 평가가 나와 있다. "학교 공부는 신통치 못하지만 집안에서 가장 예쁜 아이라고 생각했다." 같은 책 후반부에서 수잔의 동생 루시는 마법의 책에서 '인간의 경지를 초월하는 아름다움을 반드시 주는 주문'을 접하게 된다. 마법의 책이 보여 주는 아름다운 자신의 모습에 매료된 루시에게 이런 장면이 보인다.

(항상 가족 중에서 가장 미인으로 꼽히던) 수잔도 미국에서 돌아왔다. 그림 속의 수잔은…… 심술궂은 표정이었다. 수잔은 루시의 눈부신 미모에 질투심을 느끼고 있었지만 그런 것쯤은 전혀 신경 쓸 문제가 아니었다. 이제는 아무도 수잔에게 관심을 갖지 않았기 때문이다.

수잔은 미모가 다른 사람들의 시선과 사랑을 얻게 해 준다는 사실을 일찍부터 배운 듯하다. 그것이 수잔에겐 냉엄한 (그리고 다행스러운) 현실이었다. 수잔이 그 사실을 재차 확인하고 거기에 집착할수록 나니아는 현실과 멀리 떨어진 '우스꽝스러운 놀이'가 되어 갔다. 이런 맥락에서 볼 때 "스타킹이나 립스틱이나 파티 초대 말고는 그 어떤 것에도 관심이 없"고 "어른이 되고 싶어 안달"인 수잔의 행동은 단순한 호기심이 아니라 분명한 인생철학의 발로인 것이다.

수잔이 결국 나니아를 버리게 된 이유는 혹시 두려움 때문이 아니었을까? 자신의 미모로 타인의 사랑을 받고 그들의 시선을 끌 수 있다는 것을 깨닫는 순간, 여성은 자신 안의 강력한 힘을 발견하는 동시에 전혀 새로운 차원의 유혹에 직면하게 된다. 수잔은 그런 유혹에 지고 만 것이 아닌가 싶다. 타인의 시선을 내게 붙들어 두고 뭇 남성들을 굴복시키고 싶은 유혹은 쉽게 떨쳐 버릴 수 있는 게 아니다. 그런 유혹에 빠진 사람은 절정에 이른 미모를 가꾸고 돌보고 사랑어린 시선을 즐기는 것이 인생의 절정이라면, 어릴 때는 그런 시절이 빨리 오기만 손꼽아 기다리다 그 시절이 지난 후에는 그것을 되찾으려 발버둥치다 평생을 보내게 된다. 수잔은 미모가 주는 혜택을 숭배했고, 그것을 잃어버리면 어쩌나 하는 두려움에 사로잡혔던 것이다.

사실 루시도 같은 유혹에 거의 넘어갈 뻔했다. 루시는 '인간의 경지를 초월하는 아름다움을 반드시 주는 주문'을 접하고 그 주문을 외우고 눈부시게 아름다워진 자신을 차지하기 위해 나니아와 텔마르와 칼로르멘과 갈마와 테레빈시아의 모든 영토가 황폐해지는 환상을 보면서도 "난 이 주문을 외울 거야. 상관없어. 꼭 외우고 말 테야"라고 말한다. 그녀는 주문을 외워서는 안 된다는 강렬한 느낌을 애써 무시한다. 그러나 그 순간 마법의 책 안에서 아슬란의 얼굴이 나타난다. 그 얼굴은 "이빨을 드러낸 채 으르렁거리고 있었고 루시는 너무나 무서워 얼른 그 페이지를 넘겨 버렸다." 진정 두려운 존재인 아슬란에 대한 두려움 때문에 루시는 많은 세계를 파멸로 이끌고 말 돌이킬 수 없는 선택을 피할 수 있었다.

수잔과 루시는 같은 유혹에 처했으나 두 사람의 선택은 달랐다. 그 것은 어느 한쪽이 인격적으로 훌륭하거나 자제력이 있기 때문이 아니었다. 수잔은 외모가 주는 이점과 그것을 잃어버릴까 두려워한 나머지 나니아와 아슬란을 내팽개쳤고, 루시는 아슬란을 두려워하여 자신의 욕심을 내던진 것뿐이다. 진정 두려워하는 대상, 그것이 두 사람의 인생을 갈라놓았던 것이다.

4. 자유로운 그림자 나라

〈은의자〉의 주인공 질과 유스터스와 퍼들글럼은 아슬란의 명령에 따라 천신만고 끝에 지하세계로 들어가 릴리언 왕자의 마법을 풀어준다. 그런데 그런 그들 앞에 지하세계의 마녀가 나타난다. 릴리언 왕자는 마녀에게 더 이상 협조하지 않고 나니아로 돌아가겠다고 선언한다. 마녀는 초록빛 가루를 불에 던져 향을 피우고 만돌린 비슷한 악기를 연주하면서 나니아라는 나라는 없다고 말한다. 평생 나니아에서 살아왔다고 항변하는 퍼들글럼에게 마녀는 나니아가 어디 있는지 대라고 요구한다. 그러나 퍼들글럼은 "저 위에"라고 답할 뿐 정확히 어디라고 말하기가 어려웠다. 그러자 여왕은 이렇게 되묻는다.

"저런! 천장 바위들과 회반죽 사이에 나라가 있단 말인가요?"……

"나니아는 위 세상에 있습니다."

마녀는 위 세상이 무엇이냐면서 그곳에 있는 물건들을 제시해 보라고 한다. 마법이 최고조에 달하자 질 일행은 아무것도 생각해 내지 못한다. 마침내 질은 "다른 세상은 모두 꿈이었던 것 같아요"라고 답한다. 모두 마법에 홀려 마녀의 세상만이 유일한 세상이라고 믿게 되었을 때 퍼들글럼은 하늘에 떠 있는 태양을 기억해 낸다. 다른 건 몰라도 태양을 어떻게 잊을 수 있단 말인가. 그러나 마녀는 태양이 뭐냐고 물으며, 그게 어떻게 생겼는지 설명해 보라고 한다. 그러자 릴리언 왕자가 설명을 시도한다.

"저기 저 램프를 보십시오. 저건 모양이 둥글고 노란색이며 방 전체를 밝혀 줍니다. 그리고 저 램프는 천장에 달려 있습니다. 우리가 태양이라고 부르는 것은 저 램프와 같은 것이나, 저것보다 훨씬 더 크고 훨씬 더 밝습니다. 태양은 지상세계 전체를 밝혀 줍니다. 그리고 그건 하늘에 달려 있습니다."

마녀는 그 말을 비웃으며 "어디에 달려 있다고요?"라고 묻는다. 모두들 답하지 못하자 마녀는 회심의 일격을 가한다.

"거봐요. 태양이라는 것이 무엇인지 분명하게 생각해 보려니까 나한테 말해 줄 수가 없죠? 말할 수 있는 것이라곤 그것이

램프처럼 생겼다는 것뿐이에요. 당신들의 태양은 꿈이에요.
그리고 그 꿈은 하나에서 열까지 모두 램프에서 나온 거예요.
램프는 실제로 있는 물건이지만 태양은 아이들이 만들어 낸
이야기에 지나지 않아요."

이어서 마녀는 태양은 없다고, 그리고 과거에도 없었다고 말한다.
질 일행은 힘없이 그 말을 따라 한다. 태양이 보이지 않는 지하세계
에서 태양을 설명할 수 있는 방법은 무엇일까. 릴리언은 마녀가 알고
있(다고 말하)는 비슷한 다른 물체에서 출발해 그것과의 차이점을 보
충하는 설명 방식을 택한다. 이것은 상대의 설명을 이해하려 애쓰는
사람에게 유용하고, 실제로 많이 쓰이는 설명 방식이다. 그러나 마녀
는 달랐다. 마녀는 지상에서 질 일행을 만난 적이 있다는 사실(그러니
태양을 모를 리가 없다)도 부인하는 뻔뻔스러운 위인이다. 그러나 우리
의 주인공 질은 이대로 포기할 수 없다.

질은 안간힘을 다해 아슬란의 이름을 기억해 낸다. 마녀는 아슬란
이 사자라는 말에 사자가 뭐냐고 묻는다. 유스터스는 마녀가 아는 다
른 동물, 고양이를 가지고 사자를 설명한다. 고양이하고 약간 비슷하
게 생겼는데 훨씬 크고 말갈기와는 다른 갈기, 재판관이 쓰는 가발하
고 비슷한 노란색 갈기가 있고 힘은 어마어마하게 세다고 말한다. 그
러나 마녀의 반응은 아까와 동일하다.

"너희는 고양이를 보고 나서 이제 그것보다 더 크고 더 훌륭

한 고양이를 갖고 싶으니까 사자라는 이름을 생각해 낸 거라
구. …… 너희가 꾸며 내는 것들 좀 봐라. 모두 이 나의 세상
에서, 유일한 세상이요 진짜 세상인 이 나의 세상에서 모방해
오지 않고서는 그것들을 묘사할 수도 없구나.”

　마녀가 자신에게 가장 위협적인 존재인 아슬란을 모를 리가 없다.
그러나 마녀는 사자를 설명하기 위해 유스터스가 고양이와의 유사성
을 부각시키자 오히려 그것을 사자의 존재를 부인하는 논리로 이용
한다. 독자는 마녀가 부인하려는 대상(나니아·태양·아슬란)이 명백
히 존재한다는 사실을 이미 알고 있기 때문에 마법까지 동원해서 질
일행에게 강요하는 논리가 궤변이라는 것을 간파한다. 그러나 마법
에 사로잡힌 질 일행은 마녀의 논리에 속수무책으로 당하고 있다. 사
실관계 확인이 불가능한 상황에서 마녀의 엉터리 주장은 오히려 참
신한 해석이 되고, 더 나아가 사실에 대한 유일하게 올바른 설명으로
강요된다.

　그러나 〈은의자〉의 진정한 영웅 퍼들글럼은 그대로 주저앉지 않는
다. 그는 가까스로 마법을 떨쳐 내고 초록빛 가루가 들어가 마법의
향기를 내뿜는 불을 밟아서 짓이긴다. 한쪽 발이 불에 타들어 가자
그 고통으로 퍼들글럼은 정신이 번쩍 들고, 맑은 정신으로 마녀의 논
리에 맞서 본격적인 반론을 펼친다. 그의 말을 들어 보자.

　“우리가 단지 꿈을 꾸었거나 모든 것을—나무, 풀밭, 태양, 달,

별, 그리고 아슬란까지도—꾸며 내었다고 칩시다. 그랬을 경
우 내가 할 수 있는 말은, 꾸며 낸 것이 내게는 진짜보다 훨씬
더 중요하게 보인다는 것이오. …… 장난이나 하는 이 네 명
의 어린애들이 만들어 낸 가짜 세상이 당신의 그 진짜 세상과
는 비교도 안 되게 훨씬 더 좋다고요.”

인간 상상력의 산물은 대개 현실에 존재하는 무엇을 재조합하거나
뒤틀거나 확대한 것에 불과하다. 공상과학 영화에 등장하는 괴물은
현실 속의 곤충이나 동물의 변형에 지나지 않고, 미래사회의 모습이
라는 것도 현대도시의 풍경에서 그리 벗어나지 않는다. 사방이 어둠
침침하고, 나무도 풀밭도 태양도 달도 별도 없고, 동굴과 벽과 지하
수와 난쟁이들의 노동으로 만들어진 칙칙한 건물들이 전부인 세상.
램프가 태양을 대신하고, 고양이가 사자를 대신하는 세상. 그것은 한
마디로 인간의 조악한 상상력과 그 산물이 찬란한 현실을 대체한 곳
이다. 그래서 퍼들글럼은 지하세계가 ‘지루한 세상’이라며 자기는
‘위 세상’을 찾는 데 평생을 바치겠다고 말한다. 이따위 세상에서라
면 오래 살지 못한대도 별로 아쉬울 게 없다면서 말이다.

퍼들글럼의 말은 물리적인 현실에 대한 평가이기도 하지만, 그 이
상의 의미를 담고 있는 것으로 해석할 수 있다. 마녀는 질 일행에게
자신의 지하세계가 진짜 세계라고 강변하면서도 자신의 말이 거짓이
라는 것을 알고 있다. 그러나 어떤 의미에서 마녀는 자신의 세계만이
진정한 세계적 요소를 갖추고 있다고 믿었을지도 모른다. 마녀에게

는 자기 뜻대로 다스릴 수 없는 세계가 진정한 세계일 수 없기 때문이다. 온갖 좋은 것들이 모두 있는 세계라 해도 마녀가 친히 여왕이 되어 다스릴 수 없는 나라라면 가짜 세상이나 다름없는 것이다. 마녀에게 있어 그녀의 정복욕과 지배욕이 채워지지 않은 곳은 '아직 실현되지 않은 곳', 다시 말해 가짜 세상에 불과하다.

물리적 실재 외에 정신적·영적 실재도 있다. 마녀에게 있는 정신적 실재는 그녀의 욕심(정복욕·지배욕)과 그것을 위해 피지배자들에게 불어넣는 특정 감정들(두려움·무기력함 등)뿐이다. 사랑이니 믿음이니 소망이니 하는 것들은 모두 쓸데없는 비현실적인 감상에 불과하다. '어린애 같은 장난'에 지나지 않는다. 루이스는 《스크루테이프의 편지》에서 고참 악마 스크루테이프의 입을 빌려 실제에 대한 이중적 정의를 폭로한 바 있다.

아이를 낳을 때는 피와 고통이 '실제'이고, 출산의 기쁨은 주관적인 관점에서 나온 감정에 불과하다. 그러나 거꾸로 죽음을 맞이할 때는 공포와 추함이 죽음의 '실제' 의미가 되지. 또 우리는 미운 사람의 밉살스러움은 '실제'이고 인간을 미움 속에서 볼 때만이 그의 참모습을 알 수 있으며 환상에서 벗어나게 된다고 가르쳤다. 그러나 사랑하는 사람의 사랑스러움은 성적 취향이나 경제적 이해관계라는 '실제' 핵심을 가리는 주관적인 안개에 불과하다고 가르쳤다. 이 관점에서 보면 전쟁과 가난은 '실제'로 끔찍하다. 하지만 평화와 풍요는 인간이 어쩌다가 특별한 감상을 느끼게 된 물리적 사실에 불과하다.

마녀가 하해와 같은 은혜로 릴리언 왕자를 구해 주었고 그에게 '보다 현명한 삶'을 가르쳤다고 주장해도, 그런 '하나뿐인 나의 세상'에서 추진하려던 일은 고작 마법으로 가엾은 난쟁이들을 부려 땅굴을 파게 만든 후 릴리언 왕자를 앞세워 그의 고국 나니아를 침공하여 정당한 군주들을 살해하고, 그에게 한번도 해를 끼친 일이 없는 나라에서 무력으로 왕이 되게 만드는 것이었다. 릴리언 왕자는 마법에서 풀리자마자 그 사실을 분명히 깨달았다. 마녀의 사악한 탐욕을 채워 줄 도구에 불과한 지하세계와 비교할 때 나니아가 얼마나 자유롭고 아름다운 나라인지 극명하게 드러난다. 그렇기 때문에 뒤이은 퍼들글럼의 열변에는 아슬란과 나니아, 나니아인으로서의 삶에 대한 무한한 긍지와 자부심이 한껏 느껴진다.

"그렇기 때문에 난 이 가짜 세상을 지지하겠소. 아슬란이 존재하지 않는다고 하더라도 난 아슬란 편이오. 나니아가 존재하지 않는다고 하더라도 난 할 수 있는 한 나니아인으로서 살아가겠소."

나무, 풀밭, 태양, 달, 별, 그리고 아슬란이 있는 아름다운 나라. 서로에 대한 사랑과 믿음이 넘치는 나라. 자유와 공평함을 북돋우고 선한 삶이 권장되는 나라. 이제부터 퍼들글럼이 그토록 자랑스러워하는 나라, 나니아에 대해 본격적으로 생각해 보자.

자유롭게 사는 삶

우선 나니아의 자유로운 삶에 대해 생각해 보자. 나니아인들의 자유로운 삶을 보여 주는 장면은 나니아 이야기에서 그리 많이 등장하지 않는다. 그 이유는 〈마지막 전투〉의 질과 유니콘 주얼의 대화에서 짐작할 수 있다. 질은 "나니아에 계속 문제가 생겨서 가슴이 아파요"라고 말한다. 그러자 주얼은 질의 생각이 틀렸다고 답한다.

> 아담의 아들과 이브의 딸은 나니아가 어지러울 때만 낯선 세계에서 오는 것뿐이라며 나니아가 언제나 혼란한 상태라고 생각해선 안 된다고 했다. 그들이 찾아오는 사이사이에 수백 수천 년의 세월이 흘렀고, 그동안 이름도 다 기억할 수 없을 만큼 많은 인자한 왕들이 나니아를 다스렸으며 하도 평화로워서 역사책에 남을 만한 사건도 거의 없었다고 했다.

너무도 안정되고 자유로운 시대, "하도 평화로워서 역사책에 남을 만한 사건도 거의 없었"던 시대에 살았던 나니아인들의 삶을 묘사하기란 쉽지 않다. 그러나 〈마법사의 조카〉에서 아슬란이 마부와 그 아내를 나니아 최초의 왕과 왕비로 임명하면서 당부한 내용을 살펴보면 나니아의 통치원리를 가늠해 볼 수 있고, 그로부터 나니아인들의 삶을 유추해 볼 수 있다. 아슬란은 먼저 그들에게 이렇게 말했다.

"너희는 나니아를 통치할 것이며, 이 모든 짐승들에게 이름을 지어 줄 것이며, 이들을 정의로 다스릴 것이며, 적의 위협이 있을 때에는 이들을 적으로부터 보호해 주도록 하라."

여기에 나니아를 통치하는 기본원리가 다 나와 있다. 첫째, 말하는 짐승들에게 이름을 지어 주라. 둘째, 말하는 짐승들을 정의로 다스려라. 셋째, 말하는 짐승들을 적으로부터 보호해 주라. 마부는 아슬란의 명령에 대해 자신은 전혀 교육을 받지 못한 사람이라며 사양의 뜻을 밝힌다. 이에 대한 아슬란의 대답이 걸작이다. "삽과 쟁기를 가지고 흙을 갈아 먹을 것을 거두어 낼 줄은 아느냐?" 한 나라를 통치하는 임무를 앞에 두고 웬 농사타령일까? 농사는 성실하게 보살피기만 하면 그대로 결과를 거두는 일이기 때문이다. 흙을 갈아 곡식을 심고 가꾸고 거두는 심정으로 성실과 신의를 갖고 백성을 대하라는 뜻이다. 이어서 아슬란은 앞에서 말한 기본원리 세 가지를 차례로 부연 설명한다. 첫째,

"이 짐승들이…… 노예가 아니라 말하는 짐승들이며 또한 이 땅의 자유로운 주인이라는 사실을 항상 기억하면서 이들을 친절하고 공정하게 다스릴 수 있겠느냐?"

이름을 지어 주라는 것은 그저 작명(作名)을 뜻하는 명령이 아니다. 말하는 동물들이 어떤 존재인지, 즉 그들이 나니아의 자유로운 주인

이라는 사실을 기억하라는 뜻이다. 그리고 그들을 그 존재에 맞게 합당하고 친절하고 공정하게 다스리라는 뜻이다. 둘째,

> "너희 자녀들 중에서나 혹은 짐승들 중에서 특별히 어느 하나를 총애하지 않을 것이며, 또한 그들이 결코 서로 헐뜯거나 남을 가혹하게 다루는 일이 없도록 보살펴 주겠느냐?"

정의로 다스린다는 말은 무엇보다 편애하지 않는다는 뜻이다. 그것은 백성을 공평하게 대하는 것이요, 정의로운 재판관이 되어 잘잘못을 잘 가려 준다는 뜻이다. 그리고 말하는 동물들이 서로 헐뜯거나 학대하지 않도록 보살펴 준다는 뜻이다. 셋째,

> "적이 이 땅에 쳐들어와 — 적은 틀림없이 나타날 것이니라 — 전쟁이 일어나면, 그때 너는 공격 시에는 맨 앞에 서고 후퇴 시에는 맨 뒤에 서겠느냐?"

말하는 동물들을 적으로부터 보호해 주기 위해서 어떻게 해야 하는지 구체적인 병법은 나와 있지 않다. 단지 전쟁을 대하는 마음가짐과 태도가 제시되어 있을 따름이다. 우선 평화가 계속 이어질 거라는 안일한 생각은 절대 용납될 수 없다. 나니아는 싸워서 지켜야 할 땅이다. 그리고 공격 시에는 최선봉에 서고 후퇴할 때는 맨 뒤에 서라는 명령은 나니아의 왕이 맡은 역할이 어떤 것인지 단적으로 보여 준

다. 세 가지 통치원리 모두에 나니아의 왕은 말하는 동물들을 보살피고 보호하기 위해 존재한다는 사실이 잘 드러나 있다.

그렇기 때문에 나니아의 왕들에게 권위의식은 찾아볼 수 없다. 나니아 이야기에는 아슬란을 따르고 섬기는 나니아 백성이야말로 가장 유쾌하고 자유롭고 행복한 이들로 그려지고 있다. 〈말과 소년〉을 보면 칼로르멘 제국에서 노예처럼 살던 주인공 샤스타가 처음으로 자유로운 나니아 통치자들의 모습을 보고 느낀 인상이 소개되어 있다.

대부분의 칼로르멘 사람들처럼 엄숙하고 비밀스레 점잖을 빼는 대신, 어깨에 힘을 뺀 채 팔을 흔들며 걷다가 서로 얘기를 나누기도 하고 웃음을 터뜨리기도 했다. 어떤 사람은 휘파람까지 불며 갔다. 그들은 마치 다정한 사람과는 당장이라도 친구가 되고, 그렇지 않은 사람에게는 관심조차 없는 이들 같았다. 샤스타에겐 처음 보는 유쾌한 광경이었다.

그렇다면 그러한 통치자들의 다스림을 받는 나니아 백성의 삶은 어떨까? 첫째, 그들은 자유로운 삶을 누린다. 자유로운 삶이란 자신의 생활방식에 긍지와 자부심을 느끼고 남에게 간섭받지 않고 불필요한 간섭을 지양하는 삶이고, 무엇보다 자신의 생활수준에 만족하는 삶이다. 그렇지 못한 사람, 자신의 삶에 자신이 없거나 만족하지 못하는 사람은 끊임없이 다른 사람을 힐끔거리거나 다른 사람의 것을 탐내게 된다. 〈말과 소년〉의 브레가 전자라면, 〈마지막 전투〉의 말하는 원숭이 시프트와 말하는 고양이 진저는 후자에 해당한다.

둘째, 그들은 다른 동물들을 이용하거나 비방하지 않는다. 다른 동물들의 자유 또한 똑같이 안정하고 공평하게 대한다. 이렇게 하기 위해서는 자족의 자세가 꼭 필요하다. 이와 정반대의 모습, 자신의 욕심을 채우기 위해 말하는 나무들은 베어 목재로, 말하는 동물들은 노예로 칼로르멘에 팔아먹는 시프트의 만행을 보면 이를 잘 알 수 있다. 시프트는 말하는 동물들을 칼로르멘의 광산에 노예로 팔아먹기 위해 그들을 설득하면서 "오렌지와 바나나가 넘쳐 나고, 도로와 대도시와 학교와 관공서와 채찍과 재갈과 안장과 새장과 개집과 …… 모든 것이 넘쳐" 나는 나니아를 약속한다. 그러나 늙은 곰은 "그런 건 다 필요 없어요. 우리는 단지 자유롭게 살고 싶어요"라고 대답한다.

셋째, 전쟁이 일어나면 자유를 지키기 위해 용감하게 나선다. 이것은 누가 시켜서 마지못해 나가는 징병이 아니다. 〈말과 소년〉에서 브레는 칼로르멘에서 군마로 생활했다. 전쟁 이야기를 들려 달라는 샤스타의 거듭되는 요청에 브레가 대꾸하는 걸 보면 그가 경험한 싸움의 가치를 알 수 있다.

> "꼬마야, 그만 좀 해. 그건 티스로크의 전쟁이었을 뿐이야. 더욱이 난 말도 못 하는 노예로 끌려 나갔을 뿐이고. 만약 나니아의 전쟁에 자유로운 말로 우리 국민들과 함께 나갈 수만 있다면 한판 멋지게 싸울 텐데. 그런 전쟁이야말로 얘기할 가치가 있을 거야."

나니아를 이용하려는 자들

나니아는 참으로 아름다운 나라다. 자유롭고 신기하고 풍요로운 나라다. 이런 나라에서는 누구나 행복할 것 같다. 하지만 의외로 나니아에서의 삶에 만족하지 못하는 이들이 많이 등장한다.

〈마법사의 조카〉에서 디고리와 폴리, 앤드루 외삼촌과 마부, 그리고 마녀는 새롭게 창조된 나라인 나니아에 이르게 된다. 아슬란이 부르는 창조의 노래로 나니아는 생명력 넘치는 땅으로 새롭게 태어난다. 심지어 우리 세계에서 마녀가 들고 온 가로등조차 땅에 심긴 후 가로등 나무가 되어 자라나 불을 밝힌다. 그 광경을 본 앤드루 외삼촌은 나니아가 지닌 '상업적 가능성'에 주목한다. 낡은 쇳조각 몇 개만 심으면 새 기관차와 군함이 자라날 것이다. 이 땅에다 휴양지를 만들면 또 얼마나 많은 돈을 벌게 될 것인가. 나니아를 주어진 그대로 누리지 못하고 자기 욕심대로 요리하고 싶어 하는 사람에게 가장 큰 방해물은 무엇일까? 물론 나니아를 자유롭고 풍요롭게 만들고 모두가 서로를 존중하는 나라로 만든 창조주, 아슬란이다. 그래서 부자가 될 꿈에 부푼 앤드루는 나니아에 대한 포부를 밝힌 후 이렇게 덧붙인다.

> "우선 제일 먼저 해야 할 일은 저 짐승(아슬란)을 쏘아 죽이는 일이다."

마녀가 노래로 나니아를 창조하는 아슬란을 향해 인간세계에서 뜯어 온 가로등을 집어던진 것도 같은 이유가 아니었을까. 앤드루는 생각을 말로 표현했을 뿐이고 마녀는 직접 실행에 옮겼다는 큰 차이가 있지만, 둘은 아마 같은 생각을 했던 것 같다. 자신에게 아무런 해도 가하지 않은 아슬란을 불쑥 공격한 마녀의 행동에 대해 앤드루는 "보통 용기 있는 여자가 아니다. 그런 일은 대단한 기백 없이는 못 하는 일이란다"라고 평한다. 이 역시 같은 맥락에서 이해할 수 있다. 그들에게 세상 모든 존재는 내가 써먹을 수 있는 것들과 방해물, 두 가지밖에 없는 듯하다.

〈마지막 전투〉에서 말하는 원숭이 시프트가 나니아에 대해 갖는 태도도 이와 비슷하다. 시프트는 사자 가죽을 들고 친구인 당나귀 퍼즐을 찾아가 이렇게 말한다.

> "우리가 나니아의 모든 걸 바로잡을 수 있어."
> "바로잡을 게 뭐가 있는데?"
> "뭐! 바로잡을 게 뭐가 있냐고? 오렌지도 바나나도 없는데 그런 소리가 나와?"

나니아가 정의로운 나라인가, 자유로운 곳인가, 모두가 조화롭게 살고 있는가, 이런 것들은 전혀 문제가 되지 않는다. 내가 좋아하는 오렌지와 바나나가 없다면 나니아는 근본적으로 뜯어고쳐야 할 나라인 것이다.

시프트에게 나니아는 자신의 식욕을 채우기 위한 도구에 지나지 않는다. 그래서 시프트는 말하는 동물들을 모아 놓고 노예처럼 열심히 일하라며 이렇게 말한다.

> "너희가 벌어들이는 돈으로 나니아를 살기 좋은 나라로 가꿀 수 있다. **오렌지와 바나나가 넘쳐 나고**, 도로와 대도시와 학교와 관공서와 채찍과 재갈과 안장과 새장과 개집과 …… 모든 것이 넘쳐 날 거다."

〈캐스피언 왕자〉는 텔마르인이라는 외부 종족에 의해 무너졌던 나니아가 캐스피언을 왕으로 추대하면서 새로운 나니아로 회복되는 이야기다. 정복민이었던 텔마르인들에게는 선택의 기회가 주어진다. 이런 포고문이 반포된 것이다.

> "이제부터 나니아의 왕은 캐스피언이다. 나니아는 앞으로 말하는 짐승들과 난쟁이들과 숲의 요정들과 반인반양들과 그밖에도 인간이나 다름없는 모든 피조물에게 속한다."

이 새로운 조건하에서 계속 나니아에서 살기 원하는 자는 누구든 남아 있어도 좋지만, 이 제안이 마음에 들지 않는 자에겐 새로운 살 곳이 마련될 것이다. 텔마르인 중에는 캐스피언처럼 옛 나니아 시절이 다시 돌아온 것을 몹시 반가워하는 이들이 있었다. 그들은 벌써 여러 짐승들과 친구가 되어 있었고 나니아에서 살기로 결정했다. 그러나 그렇지 않은 사람들도 있었다.

　　대부분의 나이 많은 사람들, 특히 미라즈 밑에서 중책을 맡고
　　있던 자들은 몹시 언짢아했으며 자기들이 통치할 수 없는 나
　　라에서는 살고 싶은 생각이 전혀 없노라고 말했다.

　"내가 통치할 수 없는 나라, 내 뜻대로 좌우할 수 없는 나라에서는
살 수 없다." 이렇게 말하는 사람은 물론 나니아에서 살 수 없다. 나
니아는 아슬란이 통치하는 나라이므로.

넌 네가 왜 말할 수 있는지 아니?

　나니아의 주인공들은 말하는 동물들이다(숲 속의 신들, 파우누스, 켄
타우루스, 난쟁이, 강의 수호신 물의 요정들도 있지만 그렇게 이해해도 무방
할 듯하다). 〈마법사의 조카〉에서 아슬란은 동물 가운데 몇몇을 말하
는 동물로 만든 후 이렇게 당부한다.

　　"[말 못 하는 짐승들]을 친절히 대해 줄 것이며 그들을 아껴
　　줄 것이나, 너희가 인간의 말을 하고 있는 한 너희는 그들의
　　습성으로 되돌아가지 마라. 너희는 그들 속에서 나왔으니 그
　　들에게로 되돌아갈 수도 있기 때문이다. 돌아가지 마라."

　원래 짐승은 사람이 아닌 동물들을 이르는 말이다. 그런데 말하는

동물들은 거의 인간 수준에 이른 짐승이다. 그렇기에 말하는 동물들은 선택의 기로에 서게 된다. 말하는 동물답게 살아갈 수도 있고, 흔히 하는 말로 '짐승보다 못한' 수준으로 떨어질 수도 있다. 나니아 이야기에는 말하는 동물이었다가 말하지 못하게 되는 동물들이 등장한다. 그 중 한 마리는 〈말과 소년〉에 나오는 (원래 말하는 곰이었다가 평범한 야생 곰으로) '타락한' 곰이다. 그 곰이 어떻게 해서 그렇게 되었는지에 대한 이유는 나와 있지 않지만 '못된 성질'이 주요한 요인이었던 듯하다. 자기 성질, 혹은 야수 같은 본성을 못 이기고 거기에 끌려 다니는 것은 '말하는 동물로서의 정체성'을 포기한 것이나 마찬가지다.

〈마지막 전투〉에는 약아빠진 고양이 진저가 등장한다. 진저는 약은 머리를 굴려 시프트를 밀어내고 칼로르멘 대장 리슈다 타르칸과 손을 잡는다. 진저는 '아슬란에 대해 아무 관심도 없고 자신의 이익만 쫓는 자'였고, '나니아가 칼로르멘의 영토가 될 때 티스로크 폐하께서 내리실지 모르는 어떤 보답에 눈독 들이는 자'였다. 가짜 아슬란으로 내세웠던 퍼즐을 질이 '훔쳐 가는' 바람에 계획에 차질이 생긴 타르칸과 진저 일당은 아슬란을 보여 달라고 성화를 부리는 말하는 동물들을 달래기 위해 묘수를 짜낸다. 동물들에게 퍼즐이 있던 마구간 안으로 들어가라고 권하는 것이다. 그 안에 무엇이 있을지 몰라 동물들이 주저하고 있을 때, 진저가 "괜찮다면 제가 들어가겠습니다"라며 나선다. 그러나 마구간 안에 들어갔던 진저는 "카아아오오이! 카요!"라고 비명을 내지르며 달려 나온다. 진저는 "꼬리털이 다

곤두서 자기 몸뚱어리만큼 부풀어 있었으며, 눈은 초록빛 불이 담긴 접시 같았다. 등에 난 털도 모두 빳빳하게 서 있었다"라고 말한다. 리슈다 타르칸이 진저에게 본 것을 말해 보라고 해도 고양이는 여전히 "캬아오, 캬아오, 캬아옹"라고 비명만 질러 댈 뿐이다. 타르칸이 다시 재촉한다.

> "자네는 말하는 동물이 아닌가? 그 끔찍스런 소리는 그치고 말을 하라." …… 그러나 진저의 입에서는 …… 듣기 싫은 고양이의 울음소리만 흘러나올 뿐 말소리는 나오지 않았다. 그렇게 울어 댈수록 말하는 동물의 모습은 진저에게서 차츰 사라져 갔다.

동물들은 불안에 떨며 작고 날카로운 비명을 질러 댄다. 진저의 그런 모습을 본 곰은 이렇게 말한다.

> "봐, 저걸 봐! 고양이는 말을 할 줄 몰라. 어떻게 말하는지 잊어버린 거야! 말 못 하는 짐승으로 돌아간 거야. 저 얼굴 좀 봐!" …… 만일 착하게 살지 않으면 어느 날 갑자기 옛날 상태로 되돌아가 다른 나라 동물들처럼 가련하고 말 못 하는 동물이 될 거라는 이야기가 생각났다.

말하는 짐승 중 상당수는 어릴 때부터 듣던 그 얘기가 말을 잘 들게 하려는 엄포라고 생각한다. 그러니 그런 얘기는 다 무시하고 자신에게 주어진 머리로 자신의 이익만 추구하면 된다고 생각한다. 그러나 그것은 아슬란이 그들에게 생각하고 말하는 능력을 준 진정한 이유를 배반하는, 즉 말하는 동물로서 존재하는 이유를 배반하는 행동이다. 그런데 말하는 동물 중 상당수가 말을 못 하는 동물로 돌아가는 순간이 온다. 그 장면에서 우리는 아슬란이 말하는 동물들을 창조한 목적을 엿볼 수 있다.

나니아의 목적

무릇 지성을 가진 존재가 무엇을 만들 때는 목적이 있게 마련이다. 그럼 아슬란이 나니아를 만든 목적은 무엇일까? 이 말은 사실 나니아의 주인공, 말하는 짐승들의 존재 목적을 묻는 질문이다. 이 질문의 답에 대한 단서는 〈마지막 전투〉에서 찾아볼 수 있다. 나니아가 멸망하고 모든 말하는 동물들이 아슬란에게로 나아온다. 그런데 아슬란을 대하는 동물들의 반응이 둘로 갈린다.

일부 피조물들은 아슬란을 보자 얼굴 표정이 무섭게 변했다. 그것은 공포와 혐오 그 자체였다. …… 그런 표정으로 아슬란을 바라본 피조물들은 다들 …… 입구 왼쪽으로 흐르듯 뻗어 있는 거대하고 시커먼 아슬란의 그림자 속으로 사라져 갔다.

모두가 아슬란을 사랑할 것 같은데 그렇지가 않다. 그의 자유로운 창조와 통치, 그리고 그로 인해 겪었던 자신의 일생에 불만을 품고 아슬란에게 공포와 증오만을 느낀 동물들도 있었다. 그들은 금세 말하지 못하는 동물로 바뀌고 만다. 그리고 아슬란의 그림자 속으로 사라져 버린다. 왜 그런 일이 벌어졌을까? 아슬란에게 전혀 다른 반응을 보인 동물들에게 주의를 기울여 보면 힌트를 얻을 수 있다.

> 어떤 창조물들은 아슬란의 얼굴을 보자 사랑을 느꼈고, 그 중 일부는 두려움도 함께 느꼈다. 이런 창조물들은 모두 아슬란의 오른쪽인 문을 통해 안으로 들어왔다.

또 한 부류의 동물들은 아슬란에게 약간의 두려움과 함께 사랑을 느꼈다. 아슬란이 나니아를 창조하고 그곳에 말하는 동물들을 허락한 이유는 무엇일까? 그것은 바로 그들이 아슬란을 알고 사랑하게 하려는 것이었다. 아슬란이 나니아를 창조하고 오랫동안 힘써, 때로는 목숨까지 바쳐 가며 지키고 회복시키고 보존한 이유는 그 과정에서 말하는 동물들이 아슬란을 알고 사랑하게 하려는 것이었다. 그렇게 아슬란을 사랑하게 된 동물들은 그와 함께 새 땅에서 영원토록 살게 될 것이다.

그림자 나라 나니아, 진짜 나니아
새 땅에 대해 얘기하기 전에 나니아가 어떤 나라인지 잠깐 살펴보기로 하자. 루이스는 아슬란이 그리스도를 상징하는 것이 아니고 나

니아 이야기도 풍유(알레고리)나 상징이 아니라 가정(假定)이라고 말
했다. 그는 1954년에 어린 학생들에게 보낸 편지에서 이렇게 썼다.

> "이 책의 모든 것이 우리 세상에 있는 것을 '표상하고 있다'
> 고 생각한다면, 너희의 생각은 옳지 않다. …… '그리스도가
> 우리 세계에 실제로 존재하는 모습을 나니아의 사자를 통해
> 표상해 보자' 라고 난 의도하지 않았어. 대신 난 이렇게 생각
> 했지. '나니아와 같은 나라가 존재하고, 우리가 사는 세상에
> 서 인간이 되셨던 하나님의 아들이 거기서는 사자가 되셨다
> 고 가정해 보자. 그렇다면 무슨 일이 일어날까, 그걸 상상해
> 보자."

그러니까 나니아는 천국이 아니다. 이상향도 아니다. 구원자가 필
요하고 그 나라의 거주민들이 구원자를 알고 사랑하도록 훈련받는
또 다른 세상일 뿐이다. 〈마지막 전투〉에서 우리가 천국이라 부르는
'진짜 나라' 에 도달한 디고리는 나니아를 두고 이렇게 말한다.

> "그건 진짜 나니아가 아니란다. 그 나니아엔 시작과 끝이 있
> 었지. 그것은, 언제나 여기 이렇게 있고 앞으로도 영원할 진
> 짜 나니아의 복사판이나 그림자에 불과해. 우리 세계인 영국
> 과 다른 모든 나라가 아슬란 님이 계시는 진짜 세계의 복사판
> 이나 그림자인 것과 같은 이치지. 루시, 나니아 일로 슬퍼하

지 마라. 옛 나니아의 중요한 것들과 착한 창조물들은 그 문을 통해 진짜 나니아로 다 들어왔으니까. 물론 다르기야 하겠지. 진짜 물건이 그림자와 다르고, 삶이 꿈과 다른 것은 당연한 이치란다."

그곳에 도달한 사람들은 모두 유니콘 주얼처럼 이렇게 고백하게 될 것이다.

"드디어 고향에 왔습니다. 이곳이 진정한 내 땅입니다! 이곳은 내 고향입니다. 지금까지는 모르고 지냈지만 평생 동안 우리가 찾던 땅입니다. **우리는 옛 나니아가 가끔씩 이곳과 비슷해 보였기 때문에 그곳을 사랑했던 것입니다.** 히히히힝! 더 높은 곳으로, 더 깊은 곳으로!"

그래서 루이스는 나니아를 '그림자 나라'(Shadowlands)라고 부른다. 말하는 동물들이 나니아에서 살았던 삶의 의미에 대해서는 위에서 잠깐 생각해 보았다. 그렇다면 그곳에 있던 좋은 것들, 아름다운 기억들은 그냥 지나가는 것들이란 말인가. 덧없는 것들에 불과한가. 〈마지막 전투〉에서 루이스는 파우누스(상반신은 사람, 하반신은 염소인 반인반수) 툼누스의 입을 빌려 그렇지 않다고 말한다.

"하지만 여러분이 보고 있는 영국은, 지금 이곳이 진짜 나니아인 것처럼 영국 안의 영국, 진짜 영국입니다. 저기 있는 영국에서는 좋은 것이 하나도 사라지지 않아요."

눈물 없이는 볼 수 없는 축제의 시작

그러나 그 멋있는 '진짜 나니아'는 죽어야 갈 수 있는 곳이다. 그래서 죽음에 대한 사색으로 이번 주제를 마무리할까 한다. 나니아 이야기는 죽음에 대해 도무지 화해할 수 없을 듯한 두 가지 모순된 시각을 제시한다.

〈은의자〉의 말미에 캐스피언 왕은 늙어서 죽는다. 큰 병에 걸려 힘겹게 죽은 것도 아니고 사고로 요절한 것도 아니다. 왕은 마지막 순간에 아들을 다시 만나고 수많은 이들의 애도를 받으면서 품위 있게 죽는다. 그런데 캐스피언 왕의 시신을 둘러싸고 뜻밖의 일이 벌어진다.

셋(아슬란과 유스터스와 질)이 모두 그 자리에 서서 눈물을 흘렸다. 사자조차도 눈물을 흘렸다. 거대한 사자의 눈물은, 만약 지구가 한 개의 단단한 다이아몬드라면, 그 눈물방울 하나하나가 지구보다도 더욱 값진 것이었으리라.

바로 이어서 아슬란은 자신의 피로 캐스피언을 다시 살려 낸다(좀 모호하게 기록되어 있기는 하지만). 그렇다면 아슬란의 눈물은 무엇이었을까? 금방 살려 낼 거면서 왜 그렇게 눈물을 뚝뚝 흘렸던 것일까?

여기에 신비가 있다. 캐스피언 왕이 그랬듯 사랑하고 고통 받고 싸우다가 죽음을 경험하는 것은 인간에게 꼭 필요한 일인 모양이다. 그래서 아슬란은 사랑하는 캐스피언이 죽는 것이 가슴 아파 눈물을 뚝뚝 흘리면서도 그의 죽음을 허용한다. 그리고 자신의 피로 그를 부활시킨다. 여기서 죽음은 슬퍼해야 마땅하면서도 불가피한 그 무엇으로 그려져 있다.

그러나 〈마지막 전투〉에는 죽음에 대한 또 다른 관점이 등장한다. 나니아의 주인공들이 모두 열차 사고로 세상을 뜬다. 너무 뜻밖의 비극적인 결말이다. 캐스피언 왕의 죽음에 대한 아슬란의 반응으로 미루어 추측컨대, 아슬란이 그들의 죽음을 가볍게 여겼을 것 같지는 않다. 그럼에도 주인공들의 죽음으로 끝나는 나니아의 결말은 결코 슬프게 그려지고 있지 않다. 나니아의 친구들은 모두 세상을 떴지만 그냥 그렇게 죽어 버린 것이 아니기 때문이다. 아슬란은 그것을 '축제의 시작'이라고 부른다. 나니아와 영국, 두 그림자 나라에서 각기 다른 이름으로 나타났던 아슬란이 이제 그 모습을 드러낸다.

"열차 사고는 실제로 있었단다. 그림자 나라에서 하는 말로 표현하자면 너희 부모님과 너희들 모두는 죽은 거란다. 이제는 다 끝난 거지. 축제가 시작된 거야. 꿈은 끝나고 이제는 아침이 된 거다."

그 말을 하는 아슬란은 더 이상 사자처럼 보이지 않았다. 그러나 그 이후로부터 일어난 일들은 너무나도 훌륭하고 아름다워서 나로서는 글로 표현할 수 없다.

인간들을 나니아로 불러들인 이유

아슬란이 아이들을 나니아로 불러들인 이유는 무엇일까? 이에 대한 답은 이 장의 결론인 동시에 1부 전체의 결론으로 적절할 듯하다.

아이들은 항상 위기에 처한 나니아를 구원하는 도구로 부름을 받는다. 그러니까 나니아를 위해 인간이 필요했던 것은 분명하다. 그렇다면 인간의 입장에서, 아니 구체적으로 루시 · 에드먼드 · 유스터스에게 나니아는 어떤 의미가 있을까? 어린 시절의 즐거운 추억에 불과할까, 아니면 그 이상의 어떤 목적이 있는 걸까? 〈새벽출정호의 항해〉에서 아슬란이 루시, 에드먼드와 나누는 대화를 통해 그것을 짐작할 수 있다. 아슬란은 루시에게 이렇게 말한다.

> "너와 에드먼드는 두 번 다시 나니아로 올 수 없느니라. ……
> 너희는 너무나 나이가 많아. 그러니 얘들아, 너희는 이제부터
> 너희 세계와 가까이 지내야 한다."

루시는 그 말에 훌쩍거린다. '나니아에 더 이상 올 수 없다면 다시는 아슬란을 보지 못하겠구나. 그럼 어떻게 살아야 할까.' 루시는 덜컥 겁이 났던 것이다. 루시의 심정은 충분히 이해할 수 있다. 그렇지만 "이제부터 너희 세계와 가까이 지내야 한다"는 말의 의미는 과연 무엇일까? 이제 아슬란이나 나니아는 잊고 아이들이 속한 세계의 현

실에 충실하라는 말일까? 나이 얘기가 나오는 걸로 보아 흔히 하는 말로 유치한 공상세계에서 벗어나 이제 세상 물정을 알라는 말일까? 그 말을 그렇게 이해한 사람이 있다. 루시의 언니 수잔이다. 수잔은 어른스러움을 '스타킹이나 립스틱이나 파티 초대' 같은 것으로 이해 했다. 그렇다면 '너희 세계와 가까이 지내는' 것의 의미는 무엇일까. 아슬란을 다시 못 보고 어떻게 사느냐고 하소연하는 루시에게 아슬 란은 뜻밖의 사실을 알려 준다.

> "하지만 너희는 날 만날 수 있을 거다. 사랑스런 아이야."
> 에드먼드가 말했다. "거, 거기에서도 계시나요?"
> "그래, 하지만 **거기서는 다른 이름으로 존재하지. 그러니 이 제는 그 이름으로 날 알도록 해야 한다. 그래서 너희를 나니 아로 데려온 거다. 여기서 나를 조금 알면 그곳에서는 더 많 이 알게 될 거니까.**"

나니아의 아슬란은 다른 그림자 나라에서 다른 이름으로 존재한 다. 그러니 이제 아이들이 해야 할 일은 분명하다. 아이들은 그들 세 계에서 다른 이름으로 존재하는 아슬란을 만나고 그를 사랑해야 한 다. 그것이 '너희 세계와 가까이 지내는' 것의 의미다. 다른 이름으 로 존재하는 아슬란을 아는 일은 나니아의 아슬란을 잊고 그에게서 멀어지는 것이 아니라 그를 더욱 깊이 알고 그와 더욱 가까워지는 것 을 의미한다.

아슬란이 아이들을 나니아로 불러온 목적은 우선 그곳에서 그를 '조금' 알려 주는 것이었다. 그리고 그 목적은 달성되었다. 루시와 에드먼드는 아슬란을 알고 그를 더없이 사랑하게 되었다. 이제 진짜 목적이 남았다. 아이들은 그들 세상으로 돌아가 그곳에서 다른 이름으로 존재하는 아슬란을 '많이' 알아야 하는 것이다. 이것은 루이스가 나니아 이야기를 읽고 아슬란을 사랑하게 된 독자들에게 전하는 말로도 읽힌다. 그는 우리에게 이렇게 말하려 했던 게 아닐까? "이제는 이 세상에 다른 이름으로 존재하는 아슬란을 알아야 합니다. 나니아 이야기를 읽고 감동하며 '아슬란이 참 좋다!' 이렇게만 말하고 그치지 마십시오. 나니아 이야기에서 아슬란을 조금 알게 되었다면 우리 세상에서 다른 이름으로 존재하는 아슬란을 많이 알 수 있는 출발점에 들어선 것입니다. 우리 세상에서 아슬란의 이름은 예수 그리스도입니다. 그분이 당신을 위해 어떤 일을 하셨고, 지금 당신과 무슨 상관이 있는지 꼭 알아보십시오."

루이스가 나니아 이야기를 쓴 이유는 이제 이 세상의 이름으로 존재하는 아슬란을 알게 하는 것, 바로 이것이다. 나니아는 결국 아슬란을 알려 주고 그럼으로써 우리 세상에서 다른 이름으로 존재하는 아슬란, 예수 그리스도를 알려 주기 위한 표지판인 것이다.

2부

스토리로
찾아가기

1. 마법사의 조카

폐허가 된 왕국, 찬

〈마법사의 조카〉에는 극단적일 만큼 대조적인 두 개의 나라와 두 명의 통치자가 등장한다. 바로 찬 왕국의 제이디스 여왕과 나니아의 아슬란이다.

찬 왕국에는 한때 엄청난 영화를 누렸음을 짐작하게 해 주는 수많은 유물들이 남아 있다. 거대한 규모의 건물들(사원과 탑, 궁전, 피라미드와 같은)이 가득 들어차 있는 광활한 도시, 예전 왕들이 입고 있는 형형색색의 예복들, 엄청나게 큰 보석들이 달려 있는 왕관과 목걸이, 장신구들. 이들은 찬 왕국이 얼마나 번성했는지를 짐작하게 해 준다.

그러나 지금의 찬 왕국은 어떤 것도 자랄 것 같지 않은 분위기에, 쌀쌀하고 공허한 죽음의 침묵만이 가득 차 있다. 찬 왕국은 번성했던 흔적만 남겨 놓은 채 폐허가 되고 만 것이다. 찬 왕국을 이렇게 만든 것은 제이디스 여왕이었다. 제이디스 여왕은 언니와 왕위를 놓고 격렬한 대전투를 벌였고, 마지막 남은 병사가 쓰러지자 저주를 건 사람을 제외한 나머지 모두를 파괴하는 마법을 사용하였다. 그 결과는 디고리와 폴리의 눈에 비친 모습 그대로였다. 제이디스 여왕은 찬 왕국에 살고 있던 사람들이 어떻게 되었는지 묻는 폴리에게 이렇게 말한다.

"나는 여왕이야. 그들은 내 백성이라고. 백성들이 내 생각에
따르지 않는다면 살아야 할 이유가 어디 있지?"

이 말 속에는 제이디스 여왕에게 백성을 다스린다는 것이 무엇을 의미하는지, 찬 왕국의 의미가 무엇인지 다 설명되어 있다. 제이디스 여왕에게 백성은 자신이 통치 행위를 하는 데 필요한 존재일 뿐이다. 그녀에게는 이들이 누려야 할 자유나 기쁨 등은 관심 밖의 영역이다. 찬 왕국 역시 그의 필요를 위해 존재할 뿐이다. 자신이 한 나라의 왕으로 군림하고 있다는 사실을 여실하게 증명해 주는 것, 그것이 바로 찬 왕국이다.

그렇기 때문에 제이디스 여왕의 입장에서는 자신이 다스리지 못할 바에는 차라리 찬 왕국이 파괴되어 없어지는 것이 더 나았다. 설령 그로 인해 죄 없는 사람들이 모두 죽게 되더라도 말이다.

자유로운 나라, 나니아
아슬란은 제이디스와는 전혀 다른 왕이다. 아슬란은 나니아를 창

조한 후 자신의 창조물들을 불러 모은 후 이렇게 말한다.

> "창조물들아, 내가 너희에게 진정한 생명을 주리라. 너희에게
> 이 땅, 나니아를 영원히 주리라. 너희에게 숲과 과일과 강을
> 주리라. 너희에게 별도 줄 것이며, 나 자신을 주겠노라. 내가
> 택하지 않은 말 못 하는 동물들 또한 너희들 것이니라. 그 동
> 물들을 너그러이 대하고 소중히 하되, 너희가 말 못 하는 동
> 물로 돌아가지 않으려면 말 못 하는 동물들이 사는 것처럼 살
> 아서는 안 될 것이니라. 너희는 그들 중에서 선택되었고 그들
> 로 되돌아갈 수도 있기 때문이다. 그리 되어서는 안 될지니."

나니아의 동물들은 우리 세계에 사는 동물들과는 달리 말을 할 줄
알고 자유롭게 살 수 있도록 창조되었다.

아슬란은 이들에게 '진정한 생명'을 주고, '나니아'를 주고 '숲과
과일과 강'을 주고 '별'도 주고, 무엇보다도 자기 자신을 준다. 이것
은 백성을 한낱 통치 대상으로만 보는 제이디스 여왕의 경우와는 좋
은 대조를 이룬다. 아슬란은 자신의 창조물에게, 자신이 줄 수 있는
모든 것을 기꺼이 내준다. 아슬란은 자기에게 유익이 되도록 하기 위
해서, 혹은 어떤 쓸모를 위해 이들 말하는 동물을 창조한 것이 아니
다. 그는 오직 주기 위해 이들을 창조했고, 살아가도록 하기 위해 이
들을 창조한 것이다.

아슬란은 또 말을 못 하는 동물들을 이들의 소유로 준다. 이는 이

들이 말을 못 하는 동물들을 마음껏 부려 먹을 수 있다는 의미가 아
니다. 이들은 말을 못 하는 동물들을 너그럽게 대하고, 소중하게 대
해야 한다. 이것이 바로 아슬란이 이들에게 가르치는, 선택받은 자로
서 마땅히 해야 할 도리다. 말하는 동물들에게 요구하는 덕목은 사실
상 아슬란 자신의 성품을 반영하고 있다. 이 덕목은 아슬란 자신이
이들 말하는 동물을 대하는 방식이기도 하다. 말하자면 아슬란은 이
들이 자신과 닮은 존재로서 살아갈 것을 요구하고 있는 것이다.

어떤 의미에서 말을 못 하는 동물들은 일종의 '반면교사'라 할 수
있다. 반면교사란 나쁜 면을 가르쳐 줌으로써 그렇게 해서는 안 된다
는 것을 깨닫게 해 주는 선생을 말한다. 아슬란은 말하는 동물들이
말을 못 하는 동물로 되돌아갈 수도 있다는 것을 경고한다. 실제로
《나니아 연대기》의 다른 이야기들에서, 말하는 동물이 말을 못 하는
동물로 변하는 장면을 종종 목격하게 된다. 말하는 동물들은 말을 못
하는 동물들을 보면서 자신이 선택받은 자임을, 그 선택은 자신의 의
지나 노력에 의해서가 아니라 오직 선택한 자의 의지에 의한 것임을
기억해야 한다.

다시 말해 말하는 동물들에게는 말하는 동물에게 걸맞은 삶과 말
을 못 하는 동물에게 걸맞은 삶, 이 두 가지가 선택의 가능성으로 주
어져 있다고 할 수 있다. 이 가운데 어느 쪽을 선택할 것인가 하는 것
은 전적으로 이들에게 달렸다. 이러한 가능성을 갖고 있다는 점에서
이들은 자유로운 존재다. 외부에서 주어지는 강제적인 힘에 의해서
가 아니라 자의로, 혹은 자율적으로 말하는 동물에게 걸맞은 삶을 살

기로 선택하는 것, 이것이 바로 이들에게 주어져 있는 권리이자 의무다. 이들을 가리켜 '자유로운' 동물이라고 할 때, 이 말이 갖는 의미 가운데 하나가 바로 이것이다.

나니아가 창조된 직후 동물들은 아슬란과 더불어 웃고 즐기며 농담을 주고받는다. 나니아의 성격을 이보다 더 잘 보여 주는 대목도 없을 것이다. 나니아는 그야말로 자유롭고 평화가 가득하며 생명력으로 충만한 나라다(나니아의 성격에 대해서는 1부의 "자유로운 그림자 나라" 편을 참고하라). 그러나 불행하게도 이 나니아에 악마가 들어온다. 그는 찬 왕국을 폐허로 만든 바로 그 제이디스 여왕이다. 아슬란이 창조하지도 않았고, 아슬란이 초대하지도 않은 제이디스 여왕은 어떻게 나니아로 들어오게 된 것일까? 이에 대해 이야기하기 위해서는 시간을 좀 거슬러 올라가야 한다.

디고리, 제이디스 여왕을 불러들이다

제이디스 여왕을 나니아로 데리고 온 것은 디고리다. 찬 왕국에서 디고리는 금종을 치면 위험한 일이 생길 것이라는 경고문의 내용에도 불구하고 금종을 쳐서 잠자던 제이디스 여왕을 깨운다. 그리고 이 것이 사단이 되어 제이디스 여왕은 마침내 나니아까지 오게 된다. 당시 금종을 친 것은 디고리였지만 폴리도 여기에 한몫을 한 것이 사실이다. 제이디스 여왕을 깨운 것은 디고리가 아니라 오히려 디고리와 폴리 사이에 벌어진 자존심 경쟁이었다고 하는 편이 더 적절하다. 좀 자세하게 이에 관한 이야기를 해 보자.

디고리와 폴리는 처음 만난 이후 사소한 일에서부터 묘한 자존심 경쟁을 벌인다. 폴리네 다락방에서 집들 사이로 이어진 굴을 발견했을 때, 디고리는 이리로 들어가 보자는 제안을 한다. 이를 거절하자 디고리는 폴리의 자존심을 슬쩍 건드린다. "뭐, 싫으면 안 가도 돼." 그러자 폴리는 곧바로 대답한다. "네가 한다면 나도 할 수 있어." 디고리가 찬 왕국을 둘러보자고 제안했을 때도, 폴리는 겁쟁이로 몰리는 것이 싫어서 이렇게 말한다. "누가 무섭다고 했니? 네가 가는 곳이라면, 나도 얼마든지 갈 수 있어." 상대방의 자존심을 건드리는 면에서는 폴리도 디고리 못지않다. '세계와 세계 사이에 있는 숲'에서 다른 세계로 모험을 떠나기로 하고 연못으로 뛰어들기 직전, 폴리는 우리 세계로 통하는 연못에 표시를 해 두는 게 좋지 않겠느냐고 이야기하면서 디고리에게 면박을 준다. "어휴, 둘 중에 하나라도 센스가 있었기에 망정이지."

매우 사소한 에피소드이기는 하지만, 숲에서 반지를 가지고 실험을 해 보기로 결정했을 때의 일도 자존심 경쟁을 벌이는 둘의 심리를 잘 보여 준다.

> 한동안 승강이를 벌인 끝에, 둘은 초록색 반지를 끼고 서로 손을 맞잡고 뛰어들기로 했다. (디고리는 "초록색은 안전이야. 그럼 절대 헷갈리지 않을 거야" 하고 말했다.) 그런데 만약 앤드루 외삼촌의 서재나 자신들의 세계로 돌아가는 것 같으면, 폴리가 그 자리에서 "바꿔!" 하고 소리치는 것을 신호로 둘은 초

록색 반지를 살짝 빼고 노란색 반지를 끼기로 했다. 디고리는 "바꿔!" 하고 외치는 사람이 자기였으면 좋겠다고 생각했지만, 폴리가 끝까지 양보하지 않았다.

"바꿔!"라는 소리를 누가 외칠 것인지가 그렇게 대수로운 일일까. 그렇지만 둘에게는 그렇지 않았다. 사실 무엇인가를 놓고 경쟁할 때, 그것이 꼭 귀하고 가치 있는 일이어서 경쟁을 하게 되는 것은 아니다. 의외로 그 무엇은 하찮고 사소한 것인 경우가 많다. 이 하찮고 사소한 것을 목숨과도 바꿀 만한 소중한 물건으로 만드는 것이 사람의 마음이고, 이것이 바로 자존심 경쟁의 핵심이다. 자존심 경쟁을 할 때는 사소한 것 하나하나가 중요하게 보인다. 그래서 그것을 가지면 이 경쟁에서 이긴 것처럼 느끼게 되고, 잃으면 진 것처럼 느끼게 되는 것이다. 사실은 아무것도 아닌 바로 그것을 가지고 말이다.

디고리가 금종을 울리게 되는 것은 둘의 경쟁이 최고조에 이르렀을 때다. 폴리는 디고리에게 종을 치면 안 된다고 주의를 주었지만, 그는 이 말을 듣지 않는다. 디고리는 심지어 종을 쳤을 때 무슨 일이 일어나는지 직접 보지 못하면 두고두고 이를 궁금해하다가 미쳐 버릴지도 모른다고 말하기도 한다. 이렇게까지 극단적인 태도를 취하는 디고리의 심리는 사실상 이런 것이 아니었을까. '종을 치지 않는다는 것은 폴리의 말대로 하는 것이고, 그렇다면 그것은 자존심 상하는 일이야.'

만약 반대의 상황이었다면 어떻게 되었을까? 디고리가 먼저 이런

주의를 주었다면 어떤 일이 벌어졌을까? 이제까지 둘의 모습을 보건
대 폴리라고 별수가 있었을 것 같지는 않다. 자존심 경쟁이란 원래
그런 것이다. 자기와 무슨 상관이 있는 일도 아닌데, 마치 지금 당장
종을 치지 않으면 무슨 큰일이라도 날 것 같은 생각이 드는 상태, 이
런 것이 바로 자존심 경쟁이 만들어 내는 착각이다. 둘은 심하게 말
다툼을 하면서 서로에게 깊은 상처를 주고, 마침내 디고리는 금종을
치고 만다.

자존심 경쟁이 사건의 발단이 되는 것은 《나니아 연대기》의 다른
이야기에도 종종 등장한다. 나중에 보게 되겠지만, 〈사자와 마녀와
옷장〉에서 에드먼드는 루시에게 지는 것이 싫어 나니아에 간 일이 없
는 것처럼 굴다가 나중에 자매들로부터 따돌림을 당한다. 이 따돌림
은 나중에 에드먼드가 마녀 편에 서게 되는 이유 가운데 하나가 된
다. 〈은의자〉의 질은 잘난 척하려고 절벽 끝으로 바싹 다가섰다가 자
기를 붙잡으려던 유스터스를 절벽 아래로 떨어뜨리고 만다. 이 일 때
문에 나니아에서 질이 맡기로 되어 있던 임무는 매우 어려워진다. 자
존심은 소중한 것이지만 과도할 경우에는 일만 악의 뿌리가 된다.
《나니아 연대기》의 이야기들은 바로 이러한 사실을 우리에게 알려
준다.

디고리의 변명

아슬란은 제이디스 여왕이 어떻게 해서 나니아에 오게 되었는지
알고 있었다. 그래서 디고리가 자신에게 나아왔을 때 그를 가리키며,

사악한 마녀를 이곳에 오도록 한 것이 바로 이 아이라고 이야기한다. 그럼에도 불구하고 아슬란은 그 경위를 디고리로부터 직접 듣고자 한다.

디고리는 이렇게 이야기한다. "아슬란 님, 제가 마녀를 데려왔어요." 이것은 매우 정직한 답변이다. 그러나 이어지는 답변은 그렇지 않다. 디고리는 우리 세계에 있던 마녀를 마녀의 세계로 돌려보내려 하다가 그것이 잘못되어 나니아로 오게 되었다고 말한다. 이는 말인 즉 옳은 말이다. 그러나 여기에는 핵심적인 내용이 다 빠지고 없다. 이 말은 오히려 자신으로서는 마녀를 막기 위해 최선을 다했다는 뉘앙스까지 풍기고 있다.

아슬란이 다시 마녀가 우리 세계로 가게 된 경위를 묻자 디고리는 마법으로 그렇게 된 것이라는 궁색한 답변을 내놓는다. 아슬란이 아무런 말도 하지 않자 디고리는 설명이 불충분한 탓이라고 느꼈는지 외삼촌이 준 마법의 반지를 끼고 찬 왕국에 갔다가 마녀를 만났다는 설명을 덧붙인다. 그러나 이 역시 아슬란을 만족시키지 못한다. 아슬란은 몹시 화가 난 듯이 으르렁거리며 이렇게 묻는다.

"마녀를 만났다고?"

디고리는 얼굴이 하얗게 질렸다. 그리고 불쌍하게 말했다.

"마녀가 깨어났어요. 아, 제가 마녀를 깨웠단 소리예요. 그 종을 치면 무슨 일이 일어날지 궁금해서요. 폴리는 그러고 싶어 하지 않았죠. 폴리는 잘못이 없어요. 전, 전 폴리랑 싸우기까

지 했거든요. 그런 짓을 해서는 안 된다는 것을 알고 있으면
서도 그랬어요. 그때 그 종 밑에 적혀 있던 글이 저한테 마법
을 건 것 같아요."

아슬란은 여전히 아주 낮고 굵은 목소리로 물었다.

"정말이냐?"

"아뇨, 이젠 그렇지 않다는 걸 알겠어요. 그냥 마법에 걸린 척
했을 뿐이에요."

몇 번의 추궁 끝에 디고리는 사태의 본질에 다다르게 된다. 디고리
는 일의 책임을 다른 사람에게, 또는 어떤 상황에 계속 전가했지만
결국은 그것이 자신의 잘못임을 깨닫는다. 심지어 그는 자신이 마법
에 걸린 척했을 뿐이라는 것까지 고백한다. 아슬란이 원한 것은 바로
이것이었다. 비록 이 일이 디고리만의 잘못은 아니라 하더라도, 지금
중요한 것은 다른 누구에게가 아니라 디고리 자신에게 이 일이 의미
하는 바다. 아슬란은 바로 이것을 듣고자 했던 것이다.

누구나 잘못을 저지를 수는 있다. 문제는 잘못을 저지르고 난 이후
다. 아슬란은 자신을 변호하기 위해 거짓말하는 사람에게는 매우 엄
하고 무섭게 대하지만, 자신의 잘못을 인정하는 사람을 계속해서 나
무라지는 않는다. 아슬란은 디고리를 용서한다. 그뿐 아니라 디고리
가 자신의 실수를 만회할 수 있는 기회까지 준다. 이것은 놀라운 은
혜다.

디고리에게 주어진 임무

아슬란은 디고리에게 임무를 준다. 그것은 제이디스 여왕에게서 나오게 될 악으로부터 나니아를 보호하는 것이었다. 악이 나니아로 들어오게 된 것이 아담의 아들 때문이었던 것처럼 나니아를 악으로부터 보호하는 것 역시 아담의 아들이어야 했다. 이를 위해 아슬란은 디고리에게 오랜 세월 동안 마녀로부터 나니아를 보호할 수 있을 나무의 씨앗을 구해 오라고 부탁한다. 더 구체적으로, 디고리가 해야할 일은 나니아 밖에 있는 서쪽 황무지를 지나 초록빛 언덕 꼭대기에 있는 정원에 가서 그 한복판에 있는 나무에서 사과 하나를 따서 아슬란에게 가져오는 것이었다.

아슬란의 명령대로 정원에 다가갔을 때 디고리는 황금문에 새겨진 은빛 글씨를 보게 된다.

> 황금문으로 들어오지 않으려면, 절대 들어오지 마라.
> 조상이나 다른 사람을 위해서라면 내 열매를 가져가라.
> 내 담을 넘는 자나 열매를 훔치는 자는
> 마음속의 욕망과 절망을 깨닫게 되리라.

이 말의 의미를 제대로 이해할 수는 없었지만, 디고리는 이 경고문을 상기하면서 사과를 딴 후 호주머니에 집어넣는다. 그러나 사과를 따서 집어넣는 그 짧은 순간, 사과를 쳐다보고 향기를 맡은 것이 디고리에게는 큰 유혹이 된다. 그는 갑자기 끔찍하게 목이 마르고 배가

고팠으며, 사과를 맛보고 싶은 마음이 물밀듯이 일어난다. 정원에는 사과가 매우 많았기 때문에 한번쯤 맛을 본다고 해서 나쁘지 않으리라는 생각도 든다.

정문의 경고문이 어쩌면 명령이 아니라 단순한 충고일지도 모르며, 설사 그것이 명령이라 하더라도 '다른 사람을 위해서' 이미 사과를 가져가기로 했으므로 명령은 지킨 셈이라는 생각까지 든다.

유혹은 이렇게 순식간에 찾아온다. 그러나 유혹은 이것으로 끝이 아니다. 놀랍게도 정원 안에는 디고리 말고 다른 한 사람이 더 있었는데, 바로 제이디스 여왕이었다. 그녀는 사과를 훔쳐 먹고 있었던 것이다. 디고리가 급히 도망가자 제이디스 여왕은 그를 바짝 뒤쫓으면서 온갖 감언이설로 유혹하기 시작한다.

"난 네가 무슨 심부름 때문에 여기 왔는지 다 알고 있어. 어젯밤 난 숲에서 너희들 가까이에 있었거든. 그래서 너희들이 하는 이야기를 다 들었지. 넌 저 정원에서 과일을 땄지. 지금은 네 호주머니에 있고. 넌 맛도 보지 않고 사자한테 그걸 갖다 주려 하고 있어. 사자더러 먹고 사자더러 사용하라고 말씀이야. 멍청이! 그 과일이 뭔지나 알아? 내가 말해 주지. 그건 젊음의 사과고 생명의 사과야. 난 그 사과를 먹어 보았기 때문에 알고 있는 거야. 벌써 내 안에 일어나는 놀라운 변화를 느끼고 있어. 나는 결코 늙지도 죽지도 않을 거야. 먹어 봐, 꼬마야, 먹으라고. 그러면 너와 나는 영원한 삶을 누리며 이 모든 세계의 왕과 여왕이 될 수 있어."

제이디스 여왕은 디고리에게 사과 먹기를 종용한 후, 이 사과를 엄마에게 먹이면 다시 건강해질 것이므로 사과를 따서 우리 세계로 돌아가자고 말한다. 사랑하는 사람이 고통에 빠져 있을 때 그 고통을 없애고 생명을 구할 수 있는 방법이 있는데도 불구하고 이것을 행하지 않는 것은 잘못이라는 이야기도 덧붙인다. 디고리가 이 모든 이야기에 귀를 막자 그는 마침내 디고리를 향해 엄마를 죽게 내버려둔 잔인하고 무자비한 녀석이라고 욕을 퍼부어 댄다.

제이디스 여왕의 유혹은 이렇게 집요하다. 그는 엄마가 낫기를 바라는 디고리의 마음을 이용한다. 이를 위해 마치 자신이 디고리의 엄마를 매우 안쓰럽게 생각하고 있으며, 그의 엄마가 낫는 것이 자신에게도 상당히 중요한 일인 것처럼 이야기하기도 한다. 이것이 제이디스 여왕의 본심이 아니라는 것은 누구나 다 아는 사실이다.

그의 유일한 관심사는 어떻게든 디고리를 꾀어 우리 세계로 돌아가는 것이다. 그가 우리 세계로 돌아오기 위해서는 디고리의 호주머니 속에 있는 반지가 꼭 필요했던 것이다. 그러나 제이디스 여왕의 유혹이 거짓말이라는 사실과는 무관하게, 이는 매우 치명적인 유혹임에 틀림없다.

아마도 앤드루 외삼촌이었다면, 아슬란과의 약속을 지키기 위해 애쓰는 디고리를 비웃었을 것이다. 앤드루 외삼촌은 이렇게 말한 적이 있다.

"모름지기 사내녀석이라면 기필코 약속을 지켜야 한다, 이 말
인가? …… 그런 규범은 어린 사내아이나 하인, 여자, 그리고
보통 사람들한테나 적용할 수 있는 거야. 심오한 연구자나 위
대한 사상가들 혹은 현인들한테는 기대하기가 힘들지. 디고
리, 그럴 수는 없는 거란다. 바로 나처럼 숨겨진 지혜를 가진
사람들은 일상적인 기쁨에서 단절되어 있듯이, 일상적인 규
범에서도 자유로운 거야. 디고리, 우린 고귀하고 고독한 운명
을 타고났단다."

이 논리를 그대로 따르자면 디고리가 엄마를 위해 사과를 따 가는
것은 아슬란과의 약속을 어겨도 되는 예외적인 경우에 해당할 수도
있다. 보통의 경우라면 약속을 지켜야 하는 것이 맞지만, 엄마를 낫
게 하는 일처럼 중요한 일인 경우에는 약속을 어기는 것이 허용될 수
도 있는 것이다. 더욱이 그것은 디고리 자신을 위한 일이 아니라 '다
른 사람'을 위한 일이 아닌가.

그렇지만 이것은 궁색한 변명일 뿐이다. 아슬란은 분명히 사과를
따서 '아슬란 자신'에게 가져오라고 이야기했다. 아슬란이 디고리에
게 명령한 것은 오직 이것 하나뿐이다. 아슬란이 예외를 두지 않았으
므로, 디고리 스스로 예외를 만들어서는 안 된다. 이 점에서 디고리
는 매우 결단력이 있었다. 디고리는 엄마를 생각하면 마음이 아팠고,
또 그렇게 하는 것이 과연 잘하는 일인지 확신도 들지 않았지만 아슬
란과의 약속을 지키기로 한다. 더 이상 망설이지 않고 그 자리를 떠

났던 것이다.

아슬란의 선물

이렇게 해서 디고리는 아슬란이 준 임무를 완수하게 된다. 디고리가 따 온 사과의 씨는 땅에 심긴 후 아슬란이 이야기했던 대로 마녀로부터 나니아를 보호할 나무로 자란다. 이렇게 해서 디고리의 잘못으로부터 시작된 모든 일들이 제자리를 찾게 된다. 그 후 아슬란은 디고리가 사과를 훔쳐서 엄마에게 갖다 주었다면 생기게 되었을 일에 대해 이야기해 준다.

아슬란은 디고리가 엄마를 위해 사과를 따서 마녀와 함께 우리 세계로 돌아왔다면 디고리의 엄마는 그 사과를 먹고 병이 나을 수 있었겠지만, 그렇게 해서 살게 될 삶이 결코 죽음보다 좋지는 않았을 것이라고 이야기한다. 흔히 죽음보다는 생명이 항상 선한 것처럼 생각하지만, 그것은 결코 그렇지 않다. 때로는 죽음이 생명보다 더 나을 때가 있다. 아슬란은 바로 이런 이야기를 하고 있는 것이다.

이 이야기를 들은 디고리는 이제 엄마의 목숨을 구할 희망이 모두 사라졌다고 낙담한다. 그러나 놀랍게도 아슬란은 그에게, 엄마를 위해 나무에서 사과 하나를 따도록 허락한다.

> "아이야, 훔친 사과로는 그런 일이 벌어졌을 게다. 그러나 이제는 그런 일이 벌어지지 않을 것이다. 지금, 너에게 기쁨을 선사할 것을 주겠다. 영원한 생명을 주지는 않겠지만, 병을

낮게 해 줄 것이다. 가거라. 너희 어머니를 위해 저 나무에서
사과를 따거라.”

이 사과를 먹은 디고리의 엄마가 병이 나았음은 물론이다. 그 후
디고리는 가족들과 행복하게 살았고, 나니아 역시 동물들끼리 더없
이 평화롭고 즐겁게 살았다. 그러나 여기서 모든 이야기가 끝나는 것
은 아니다. 아슬란이 예언한 대로, 북쪽으로 쫓겨 간 마녀의 후손은
나중에 나니아로 돌아와 나니아를 다스리게 된다.

이때의 이야기는 2권 〈사자와 마녀와 옷장〉에서 만날 수 있다.

2. 사자와 마녀와 옷장

옷장 속의 나라

　루시가 옷장을 통해 나니아로 갔다가 돌아온 이야기를 했을 때 루시의 말을 믿는 사람은 아무도 없었다. 이들이 루시의 말을 믿을 수 없었던 것은 상식적으로 생각해 볼 때 나니아 같은 거대한 세계가 옷장 속에 존재하고 있다는 것은 있을 수 없는 일이었기 때문이다. 실제로 옷장 문을 열고 그 안을 들여다보았을 때 이들은 옷 외에는 아무것도 발견하지 못한다. 그렇다면 나니아는 그저 루시가 지어 낸 이야기일 뿐이었을까. 디고리 교수가 아이들에게 들려주는 이야기를 잠시 들어 보자.

　"세 가지 가능성이 있어. 루시가 거짓말을 하고 있거나, 미쳤거나, 아니면 사실을 얘기하고 있거나. 너희는 그 애가 거짓

말을 하지 않는다는 사실과 분명히 미치지 않았다는 사실을
알고 있어. 그럼, 다른 증거가 없는 한 우리는 그 애의 말이
진실이라는 가정을 해야 한다."

디고리 교수는 단순히 우리의 상식에 어긋난다는 사실만으로 루시
의 이야기가 거짓이라고 단정 짓지 않는다. 그는 세 가지 가능성을
제시하는데, 여기에는 아이들이 생각하지 못한 또 하나의 가능성이
포함되어 있다. 바로 루시의 말이 사실일 수 있다는 것이다.

루시의 말을 사실이라고 받아들이기 위해서는 우리가 받아들이고
있는 상식과 감각을 부정해야 한다. 이 점에서 디고리 교수의 생각은
전혀 논리적으로 보이지 않는다. 그러나 이러한 생각이야말로 사실
은 논리적이다. 우리는 자신의 상식이나 감각 때문에 논리적으로 가
능한 여러 생각들을 미리 부정해 버리는 일에 익숙해 있다. 아이들
역시 마찬가지다. 루시에 대한 아이들의 생각은 논리적으로 생각한
끝에 나온 결론이 아니라 상식 수준에서 판단하여 내린 것이다. 상식
이 항상 옳은 것은 아니다.

〈사자와 마녀와 옷장〉에서 나니아가 있고 없고는 상식이나 경험과
는 무관한 문제다. 상식과 맞지 않아도, 증명할 수 있는 것이 아니어
도 나니아는 분명히 있다. 그뿐 아니라 이 문제는 나니아에 대한 믿
음의 유무와도 상관이 없다. 두 오빠와 언니가 자신의 이야기를 믿어
주지도 않을뿐더러 오히려 그것을 가지고 자신을 놀려 대자 루시는
어느 순간 나니아가 과연 존재하고 있는지 의심하게 된다. 그 자신도

알쏭달쏭하게 된 것이다. 그러나 루시가 나니아에 대해 의심하게 되었다는 것이 나니아가 있다는 사실을 바꾸어 놓지는 못한다. 루시가 아무리 나니아의 존재에 대해 회의를 갖고 있다 하더라도 있는 것은 있는 것이다. 루시가 믿든 그렇지 않든 간에 나니아가 있다는 사실에는 변함이 없다.

이와 비슷한 이야기가 있다. 〈마법사의 조카〉에서 앤드루 외삼촌은 말하는 동물들의 말을 전혀 알아듣지 못한다. 이들의 말이 앤드루 외삼촌의 귀에는 울부짖음으로밖에 들리지 않는다. 동물들의 말이 이렇게 들린 것은 앤드루 외삼촌이 동물들이 말을 한다는 사실을 받아들일 수 없었기 때문이다. 앤드루 외삼촌의 믿음이 동물들의 말을 그렇게 듣도록 한 것이다. 이 경우 앤드루 외삼촌의 믿음은 일의 실상과는 전혀 무관하다. 그의 믿음과는 무관하게 동물들이 말을 하고 있었다는 것이 참이기 때문이다.

에드먼드, 유혹에 넘어가다

에드먼드를 유혹한 터키 젤리는 정말 별것 아니다. 그렇기 때문에 에드먼드가 나중에 터키 젤리를 먹고 싶은 유혹을 견디지 못하고 형제들을 배신한 채 마녀를 찾아가는 장면을 보고 있노라면 그가 그렇게 어리석어 보일 수가 없다. 그러나 이것은 자신이 겪지 않기 때문에 쉽게 판단을 내리는 것일 수도 있다. 실제로 우리를 유혹하는 것들은 대부분 터키 젤리만큼 별것 아니다. 허영심에 가득 차 있는 사람들을 생각해 보라. 이런 사람들은 말 그대로 아무것도 아닌 것,

속이 텅텅 비어 있는(虛) 것에 목숨을 건다. 자존심 경쟁을 벌였던 디고리와 폴리의 경우를 떠올려 보라. 우리가 생각하기에 아무것도 아닌 터키 젤리가 에드먼드에게는 지금 너무도 소중한 보물이 되었다. 물론 이렇게 이야기한다고 해서 에드먼드에게 면죄부가 주어지는 것은 아니다. 다만 에드먼드가 이 유혹을 극복하는 것이 그리 쉬운 일은 아니었다는 이야기를 하고 싶을 뿐이다.

터키 젤리의 유혹은 무섭다. 터키 젤리를 먹기 위해 마녀를 찾아가야 하고, 이것은 곧 형제들을 배신하는 일이 된다는 사실을 에드먼드도 잘 알고 있었다. 그뿐 아니라 에드먼드는 비버 씨로부터 마녀가 자신의 말을 듣지 않는 동물들을 돌로 만들었다는 이야기도 들었다. 그러므로 마녀가 자신의 편이 아닌 형제들을 돌로 만들어 버릴 것이라고 충분히 생각할 수 있었다. 그렇지만 에드먼드는 터키 젤리를 먹기 위해 기어코 길을 떠난다. 일말의 양심은 있어서 에드먼드는 이 양심의 소리에 귀를 막기 위한 논리를 만들어 내기도 한다. 루이스는 이렇게 이야기한다.

여러분은 지금 에드먼드가 자기 형제들이 정말 돌로 변하기를 바랄 만큼 못된 아이라고 생각해서는 안 된다. 에드먼드는 단지 터키 젤리가 먹고 싶었고 왕자(나중엔 왕)가 되고 싶었을 따름이다. 또 피터가 자기한테 못돼 먹은 녀석이라고 했던 데 대해 앙갚음을 하고 싶었다. 마녀가 자기 형제들한테 특별히 친절하게 대해 주거나 자기와 똑같이 대해 주기를 바란 것은 결코 아니었다. 그러나 마녀가 형제들에게 아주 몹쓸 짓을 하지는 않을 거라고 믿어야만 했고, 믿는 척이라도 해야 했다.

에드먼드는 마녀가 친절한 사람이라고 믿는다. 아니, 사실은 그렇게 믿고 싶어 한다. 믿고 싶지만 믿어지지 않아서 마음속 깊은 곳에서는 마녀가 나쁘고 사악하다는 것을 느끼고 있었기 때문에 믿는 척이라도 하고 싶어 한다. 그렇게 해야만 안심이 되기 때문이다. 이 역시 우리가 늘 범하는 오류다. 우리는 자신에 대해 변호하고 싶을 때 그로 인해 일어날지도 모르는 최악의 상황을 애써 생각하지 않으려고 한다. 그것에 대해 계속 생각하면 지금 우리가 하고 싶어 하는 이 일을 포기해야만 하기 때문이다. 에드먼드가 마음속 깊은 곳에서 울리는 소리에 귀를 기울인다는 것은 터키 젤리를 포기해야 한다는 것을 의미한다. 터키 젤리를 먹기 위해서는 적당한 논리를 만들어 이 소리를 덮어야만 한다.

사형 집행인, 하얀 마녀

터키 젤리 때문에 하얀 마녀를 찾아가지만, 에드먼드는 터키 젤리는 고사하고 변변한 먹을 것조차 대접받지 못한다. 하얀 마녀가 요구한 대로 형제들을 데리고 가지 못했기 때문이다. 하얀 마녀에게는 자기 일에 도움이 되지 않는다면 모두가 쓸모없는 존재일 뿐이다. 나중에 에드먼드는 다시 한 번 하얀 마녀에게 쓸모 있는 존재가 된다. 물론 이것이 에드먼드에게 좋은 일이라는 그런 의미는 아니다. 아슬란과의 전투에서 처참한 패배를 경험한 하얀 마녀는 에드먼드를 미끼로 이용하기로 한다. 에드먼드를 두고 아슬란과 흥정을 하고자 한 것이다.

에드먼드는 나중에 아슬란이 보낸 구조대에 의해 구출되지만 그것으로 상황이 끝난 것은 아니다. 하얀 마녀는 아슬란의 무리 속에 있는 에드먼드를 가리키며 이렇게 말한다. "아슬란, 저기 반역자가 있어." 마녀는 거짓말을 하고 있는 것이 아니다. 이것은 말인즉 옳은 말이다. 에드먼드가 반역자라는 것은 이미 온 나니아가 다 알고 있는 사실이다. 마녀는 지금 아슬란에게 에드먼드를 내놓으라고 이야기하고 있는 것이다. 마녀는 아슬란에게 태초의 심오한 마법을 상기시킨다.

마녀가 물었다.
"심오한 마법을 잊었나?"
아슬란은 근엄하게 대답했다.
"내가 그것을 잊었다고 치고, 그 심오한 마법을 한번 말해 보거라."
그러자 마녀는 갑자기 째지는 목소리로 말했다.
"말해 보라고? 바로 여기 돌 탁자 위에 씌어 있는 걸 말해 보라고? 비밀 언덕의 부싯돌에 창으로 또렷이 새긴 내용을 말해 보라고? 바다 황제의 홀에 뭐라고 새겨져 있나 말해 보라고? 적어도 당신은 황제께서 태초에 나니아에 내리신 마법쯤은

알고 있겠지. 모든 반역자는 나의 합법적인 포로로서 나한테
속하며, 죽일 권리도 내게 있다는 사실을 말이야.”

이 마법에 따르면 모든 반역자는 합법적으로 마녀의 포로가 되며,
마녀는 이 포로를 죽일 수 있다. 반역자를 포로로 소유할 수 있는 것
은 이 법에 따라 이루어지는 마녀의 권리다. 바다 황제가 새겨 놓은
이 마법은 그의 아들인 아슬란조차 함부로 할 수 없는 것이다. 이 사
실을 마녀도 알고 있고 아슬란도 알고 있다.

그러나 에드먼드가 자신의 합법적인 포로임에도 불구하고 마녀는
아슬란으로부터 에드먼드를 직접 빼앗아 가지 않는다. 빼앗아 갈 수
가 없기 때문이다. 마녀는 자신이 아슬란보다 열등한 존재라는 사실
을 잘 알고 있다. 그는 온 나니아를 얼음의 나라로 만들어 버릴 만큼
강한 마법을 가지고 있지만, 그것은 아슬란의 능력에 비하면 하잘것
없는 수준에 불과하다. 아슬란의 출현과 함께 나니아에 바야흐로 봄
이 오기 시작했다는 사실이 이를 증명하고 있다. 마녀는 에드먼드를
자신의 소유라고 주장하고 있지만, 사실 그것은 바다 황제로부터 위
임된 권리일 뿐이다.

“마녀는 황제의 사형집행인이었구나. 그래서 자신이 여왕이
라는 상상에 빠지게 된 거로군.”

마녀는 다만 바다 황제의 사형집행인일 뿐이다. 사형집행인은 사

형집행에 대한 권위만을 부여받았을 뿐 누군가를 살리고 죽일 수 있는 권위 자체를 부여받은 것은 아니다. 겉으로 보기에 사람을 죽이고 살리는 것은 사형집행인인 마녀의 권리처럼 보이지만, 실제로 사람을 죽이고 살리는 것은 마녀에게 사형을 집행하도록 명령하는 바다 황제다. 말하자면 지금 마녀는 바다 황제의 권위를 참칭(僭稱)하고 있다. 참칭이란 쉽게 풀이하자면 '분수에 넘치게 스스로를 임금이라 이르는 것, 스스로 분수에 넘치는 칭호를 이르는 것'을 뜻한다. 오랜 세월 동안 사형집행인이 아니라 사람을 죽이고 살리는 능력 자체를 소유하고 있는 것처럼 행세하던 마녀는 이제 더 큰 권위를 부여받고 나니아로 온 바다 황제의 아들인 아슬란과 마주치면서 자신이 겨우 사형집행인에 불과한 존재임을 뼈저리게 인식하고 있는 것이다.

이 사형집행인은 에드먼드의 죄를 고발한다. 그는 법정에 선 검사처럼 에드먼드를 기소한다. "저기 반역자가 있어"라고. 그러나 아슬란은 에드먼드를 이미 용서했다. 이것이 중요하다. 아슬란이 용서했으므로 에드먼드가 반역자라는 사실은 과거의 것이 되었다. 마녀보다 더 큰 권위를 부여받은 아슬란이 에드먼드를 용서했다면 사형집행인으로서 마녀가 행사할 수 있는 권위는 사라진 것이다. 마녀가 자신을 고소할 때 에드먼드가 아슬란만을 바라보면서 아무렇지도 않은 듯이 행동할 수 있었던 것은 이러한 사실을 알게 되었기 때문일 것이다. 사형집행인을 두려워할 필요는 없다. 두려워해야 할 대상이 있다면 그것은 이 사형집행인에게 사형집행을 명령할 수 있는 권위자다.

태초의 심오한 마법

그러나 여기서 예기치 않았던 일이 벌어진다. 누군가가 자신 있으면 와서 에드먼드를 빼앗아 보라고 비아냥거리자 마녀는 이렇게 말한다.

> "머저리! 네 주인이 단순히 힘으로 내 권리를 뺏을 수 있다고 생각하느냐? 네 주인은 심오한 마법에 대해서 더 잘 알고 있어. 내가 법대로 피를 거두지 않는다면 온 나니아가 발칵 뒤집혀 불과 물로 멸망하리란 것도 알고 있지."

아슬란은 이에 대해 부인하지 않는다. 수잔이 이 심오한 마법에 대항할 수 없는지 물었을 때, 아슬란은 그 자신도 황제의 마법에는 대항할 수 없음을 암시적으로 표현한다. 그렇다면 이제 에드먼드는 꼼짝없이 마녀의 손으로 넘어가 죽음을 당할 수밖에 없는 것처럼 보인다. 아슬란은 과연 에드먼드를 마녀에게 넘겨주고 말 것인가.

이제 에드먼드를 놓고 아슬란과 마녀 사이에 담판이 벌어진다. 둘이서 무슨 이야기를 나누었는지는 나중에 밝혀지지만, 적어도 한동안 아무도 이에 대해 알지 못한다. 아슬란은 다만 마녀와의 이야기를 끝낸 후 돌아와서 마녀가 에드먼드의 피에 대한 권리를 포기했다는 이야기만을 들려준다. 마녀가 에드먼드에 대한 권리를 포기했다면 아마도 아슬란 역시 그에 상응하는 권리를 포기했을 것이다. 그것은 과연 무엇일까? 마녀는 미친 듯이 좋아하면서 이렇게 묻는다. "그 약

속이 지켜지리라는 걸 어떻게 믿지, 아슬란?" 마녀가 이렇게 의기양
양하게 묻는 것을 보면 아마도 그것은 마녀에게 매우 유리한 조건이
었음에 틀림없다. 과연 그 조건은 무엇이었을까?

마녀가 사라진 후 아슬란은 무엇인가 심상치 않은 분위기를 풍긴
다. 수잔과 루시는 꼬리와 머리를 아래로 축 내려뜨린 채 너무 지친
듯 어슬렁어슬렁 걷고 있는 아슬란에게 다가간다.

수잔이 물었다.
"아슬란 님, 어디 아프세요?"
"아니다, 그저 슬프고 외롭구나. 너희들이 거기 있다는 걸 느
낄 수 있도록 내 갈기에 손을 얹어 다오. 그렇게 함께 걷자구
나."

잠시 후 아슬란은 수잔과 루시를 떠나 언덕 꼭대기를 향해 걸어간
다. 거기에는 온갖 사악한 무리들이 모여 있다. 무리들은 아슬란을
꽁꽁 묶고는 그의 털을 깎는다. 갈기가 없어진 아슬란의 모습은 매우
왜소해 보인다. 무리들은 이제 비웃기 시작한다. "원, 세상에! 고작
덩치 큰 고양이였잖아!" "야옹아, 야옹아! 가엾은 야옹아." "나비야,
오늘은 쥐를 몇 마리나 잡았냐?" "야옹 씨, 우유 한 접시 드릴까?"
곧이어 무리들은 재갈로 아슬란의 입을 틀어막고 실컷 조롱한 후 돌
탁자로 끌고 간다. 그리고 마침내 마녀가 예리하게 간 칼로 아슬란을
내리친다.

"자, 누가 이겼지? 얼간이 같은 놈, 네가 이런다고 그 배신자 놈을 구할 수 있을 성싶으냐? 이제 나는 계약대로 그놈 대신 널 죽일 것이고, 그리하여 심오한 마법은 그대로 지켜질 것이다. 하지만 네가 죽으면, 내가 그놈을 죽이지 못할 것 같으냐? 그 다음에는 누가 내 손아귀에서 그놈을 구해 내겠느냐? 넌 내게 나니아를 영원히 넘겼다는 사실을 알아야 돼. 너는 네 목숨은 물론 그놈의 목숨도 구하지 못하게 된 거야. 그런 줄이나 알고 절망하면서 죽어라!"

마녀가 에드먼드의 피에 대한 권리를 포기한 대가로 얻은 것은 아슬란의 목숨이었다. 아슬란이 에드먼드 대신 자신의 목숨을 내놓았던 것이다. 이것은 실로 엄청난 일이 아닐 수 없다. 나니아의 창조자이자 나니아를 다스리는 실질적인 왕인 아슬란이 고작 어린아이 한 명을 위해, 그것도 반역자의 목숨을 구하기 위해 자신의 목숨을 내놓다니. 마녀는 이런 아슬란을 가리켜 '얼간이 같은 놈'이라고 비웃는다. 마녀의 입장에서 볼 때 이것은 당연하다.

지금 아슬란에게는 나니아를 회복시키는 것과 반역자였던 에드먼드를 구원하는 것은 별개의 일이 아니다. 반면에 마녀의 논리에서 이둘은 별개의 것이다. 마녀는 중요한 것은 대의라고, 한 사람의 목숨보다는 나라가 더 중요하다고 이야기할 것이다. 〈마법사의 조카〉에서 하얀 마녀의 조상인 제이디스 여왕은 자신이 통치할 수 없을 바에는 자신을 비롯한 모든 사람의 목숨을 한꺼번에 앗아 가는 쪽을 택한다. 제이디스 여왕에게 나라를 다스린다는 것은 경우에 따라 이를 위해 많은 사람들의 목숨을 앗아 갈 수도 있다는 것을 의미한다. 하얀 마녀 역시 다르지 않다. 하얀 마녀가 아슬란의 입장이었다면 아무런 고민 없이 에드먼드를 내놓았을 것이다.

나라를 구하는 일은 한 사람의 목숨을 구하는 일보다 분명 중요한 일일 수 있다. 그러나 한 사람의 목숨을 구하는 일을 하찮게 여기는 사람이 과연 나라를 제대로 구할 수 있을까. 제이디스 여왕은 사실상 나랏일을 위해서가 아니라 자신을 위해 사람들의 목숨을 앗아 간다. 그에게 나라를 다스린다는 것은 자신을 위한 일이지 다른 사람들을 위해 나라를 다스린다는 것을 의미하지 않는다. 반면 아슬란에게 한 사람을 회복시키는 것은 나니아를 회복시키는 것 못지않게 중요하다. 나중에 보게 되겠지만 아슬란의 죽음으로 이 둘은 동시에 이루어진다. 아슬란은 배신자인 에드먼드를 구원하기 위해 자신의 목숨을 희생하고, 그 결과 에드먼드뿐 아니라 나니아까지도 구원할 수 있었던 것이다. 이것은 놀라운 비밀이다.

태초 이전의 더욱 심오한 마법

마녀의 칼에 목숨을 잃은 아슬란은 그 후 어떻게 되었을까? 새벽 녘이 되어 몸이 추워지자 수잔과 루시는 잠시 걷기로 한다. 그러다가 둘은 무엇인가가 깨어지는 것 같은 소리를 듣고 아슬란이 죽어 있는 돌 탁자로 되돌아간다. 놀랍게도 아슬란은 그곳에 없다. 아이들은 울부짖는다. "누가 이랬지? 어떻게 된 거야? 마법이라도 부린 거야?"

그때 등 뒤에서 커다란 목소리가 들린다. "그렇다! 더 큰 마법이란
다." 아슬란이 다시 살아난 것이다. 아슬란은 태초의 심오한 마법보
다 더욱 심오한 태초 이전의 마법에 대해 아이들에게 이야기해 준다.

> "마녀는 심오한 마법을 알긴 하지만 그보다 더 심오한 마법이
> 있다는 것은 모르고 있지. 마녀는 태초 이후에 대해서만 알고
> 있을 뿐이다. 하지만 마녀가 태초 이전의 고요와 어둠이 존재
> 하던 때를 조금이라도 더 내다볼 수 있었다면 다른 마법이 있
> 다는 것도 알았을 게다. 결백한 자가 반역자의 죄를 대신하여
> 스스로 목숨을 바치면 돌 탁자는 깨지고 죽음 그 자체가 다시
> 원상태로 돌아간다는 것이지."

사실 태초의 마법은 그다지 심오하다고 할 것까지는 없다. 반역자
가 마녀에게 속한다고 하는 것은 의로운 자가 아슬란에게 속한다고
하는 것만큼이나 당연한 일일 수 있다. 참으로 심오한 것은 아슬란이
말하는 바로 이 마법이다. 이 마법은, 마녀가 이야기했던 태초의 심
오한 마법을 깨뜨릴 수 있는 것이 오직 결백한 자의 목숨뿐임을 우리
에게 알려 준다.

누군가가 사랑하는 사람을 위해 자신을 희생한다면 그것은 대단한
사랑임에 틀림없다. 부모나 자식을 위해 자신의 장기 일부를 떼어 주
는 것 역시 결코 쉬운 일이 아니다. 만약 쉬운 일이었다면 미담으로
사람들의 입에 오르내리는 일은 결코 없을 것이다. 내놓아야 할 것이

목숨이라면 더더욱 그렇다. 죽음에 임박해서 자신의 장기며 각막을 기증하기로 서약하는 행위가 대단하게 여겨지는 것만 보아도 잘 알 수 있다. 멀쩡한 목숨을 남을 위해 내놓는다는 것은 보통 사람으로서는 쉽게 생각할 수 없는 일이다.

그런데 반역자를 위해 목숨을 내놓는다면? 그것은 이미 우리가 생각할 수 있는 범위를 넘어선 것이다. 태초의 심오한 마법은 바로 이 일이 일어날 것을 예언하고 있다. 그리고 이렇게 하여 죽은 자가 다시 살아날 것을 예언하고 있다. 이 심오한 마법은 실제로 이루어진다. 결백한 자가 반역자의 목숨을 대신하여 스스로 목숨을 바친 결과 돌 탁자가 깨어지고 아슬란의 죽음이 무(無)로 되돌아간다. 그가 부활한 것이다.

이런 의문이 들 수 있다. 아슬란은 죽은 후 부활할 것을 알았기 때문에 에드먼드를 위해 죽을 수 있었던 것이 아닌가? 그러니까 아슬란의 죽음은, 죽음 이후 어떤 일이 벌어질지 완전히 모르는 가운데 자신의 목숨을 내놓는 것보다는 덜 희생적이고 덜 숭고한 것이 아닌가? 그럴 수도 있다. 그러나 중요한 것은 아슬란의 죽음이 있기 전까지는 그 누구도 태초 이전의 이 심오한 마법이 참인지 알 수 없었다는 사실이다. 아슬란의 죽음과 부활이 있었기에 이 심오한 마법이 참이라는 사실이 드러난 것이지 그 역은 아닌 것이다.

실제로 어떤 행동을 취하지 않고서는 그 일로 말미암아 어떤 일이 벌어질지 아무도 모른다. 이것은 다른 이야기들에서 아슬란이 자주 하는 말이다. 아슬란이 마녀와 담판을 지은 후 마지막 밤을 보내면서 괴로워하던 모습과 털을 깎인 채 온갖 조롱과 멸시를 받던 때의 모습도 떠올려 보아야 한다. 그것은 말처럼 쉬운 선택이 아니다. 아슬란은 자신의 죽음 이후 어떤 일이 있을지 전혀 모르는 채 자신의 목숨을 내놓은 것이라고 해도 과언이 아니다. 그리고 그 결과는 태초 이전의 심오한 마법이 예언하고 있었던 것처럼 죽은 자의 부활이었던 것이다.

마녀는 이 마법을 왜 몰랐을까? 아슬란은 마녀가 태초 이전의 고요와 어둠이 존재하던 때를 조금이라도 더 내다볼 수 있었다면 다른 마법이 있다는 것도 알았을 것이라고 말한다. 다시 말해 마녀라고 해서 이 마법으로부터 완전히 소외되어 있었던 것은 아니라는 이야기다. 마녀의 성향을 생각해 본다면 그 무지는 마녀 자신의 상상력의 부족에서 기인한 것이라 해도 틀린 말은 아니다. 앞서 나랏일을 핑계로 수많은 사람들의 목숨을 빼앗아 간 제이디스 여왕의 이야기를 했다. 이 제이디스 여왕과 똑같은 생각을 품고 살아가는 하얀 마녀가 이 심오한 마법에 대해 알 수 없는 것은 당연한 이치다. 이것은 마치 〈마법사의 조카〉에서 말하는 동물들의 말을 도무지 알아들을 수 없었던 앤드루 삼촌의 경우와도 비슷하다고 할 것이다.

이제 마녀와의 마지막 전투가 시작된다. 죽음에서 부활한 아슬란이 동참하는 전투에서 마녀가 이길 가능성이란 애초부터 없다. 마침내 전투가 끝나고 나니아는 평화로웠던 예전의 나라로 되돌아간다. 이렇게 아슬란은 자신의 희생으로 나니아와 에드먼드 모두를 구원한다. 그리고 나니아는 이후 오랫동안 피터와 에드먼드, 수잔과 루시의 다스림 아래 번영을 누린다. 이 모든 것이 아슬란의 은혜다.

은혜를 따라 사는 삶

마지막으로 덧붙일 이야기가 하나 있다. 전투가 끝난 후 루시는 수 잔에게, 에드먼드가 아슬란이 자신을 위해 한 일을 알고 있는지 묻는 다.

> 수잔이 목소리를 낮추고 말했다.
> "쉿! 모르지, 어떻게 알겠어?"
> "그럼 오빠한테 말해 줘야 하지 않을까?"
> "얘, 그걸 말이라고 하니? 그건 너무 가혹한 짓이야. 네가 에 드먼드라면 기분이 어떻겠어?"
> "그래도 알아야 할 것 같은데."

여기서 둘의 대화는 끝난다. 그래서 루시가 이 이야기를 에드먼드 에게 했는지 어떤지 알 수가 없다. 그러나 반역자를 위해 자신의 목 숨을 내놓은 아슬란의 이야기가 나니아의 역사가 지속되는 동안 계 속해서 회자되었다는 사실을 고려할 때 에드먼드가 이 이야기를 전 혀 모르고 있지는 않았을 것이고, 그렇다면 누군가는 분명히 이 이야 기를 그에게 했을 것이다.

이 이야기를 들었을 때 에드먼드는 아마도 매우 놀랐을 것이고, 자 신의 잘못이 얼마나 컸는지 깨달으면서 심한 죄책감에 시달렸을지도 모른다. 그럼에도 불구하고 이런 이야기들은 계속해서 회자되고 머릿속에 담아 둘 필요가 있다. 이것은 죄책감을 안고서 살아가라는 이야기가 아니다. 자신에게 주어진 은혜가 얼마나 큰 것인지 돌아보고, 그 받은 은혜대로 살아가라는 의미다.

에드먼드의 삶이 이런 것이었음을 짐작하기는 어렵지 않다. 나니아의 오랜 번영을 가져온 통치를 생각해 보거나, 이후 이야기들에 등장하는 에드먼드의 모습을 떠올려 보면 잘 알 수 있다. 에드먼드의 변화된 모습에 대해서는 〈말과 소년〉, 〈캐스피언 왕자〉, 〈새벽출정호의 항해〉, 〈마지막 전투〉의 이야기를 참고하기 바란다. 아슬란의 은혜를 갚는 길은 예전의 자신으로 돌아가지 않는 것, 아슬란이 원하는 대로의 삶을 살아가는 것이다.

3. 말과 소년

내 마음이 가 닿는 곳은 어디인가

샤스타는 칼로르멘의 남쪽 바다 어귀에 아르셰슈라는 가난한 어부와 살고 있었다. 샤스타는 아르셰슈를 아버지라고 불렀지만 사실 그는 샤스타의 진짜 아버지가 아니었다. 주워 온 아이였던 것이다. 또한 샤스타의 삶은 그리 행복하지 않았다.

생선이 잘 팔리는 날이면 아르셰슈는 기분 좋게 집으로 돌아와 샤스타에게 아무 말도 하지 않았지만, 잘 팔리지 않는 날이면 괜히 샤스타를 나무라거나 때리기가 일쑤였다. 샤스타는 늘 그물 손질하기, 저녁상 차리기, 오두막 청소하기 등등 할 일이 워낙 산더미였기 때문에 마음만 먹으면 아르셰슈가 트집 잡을 거리는 얼마든지 있었다.

그런 샤스타는 자기 집 남쪽에서 일어나는 일에는 아무 관심도 없지만 "북쪽 이야기라면 덮어놓고 귀가 솔깃했다." "주변에 그곳에 가 본 사람이 아무도 없는데다, 아버지가 혼자서는 절대로 가지 못하게 했기 때문"이기도 하지만, 샤스타가 북쪽 이야기에 늘 관심이 많았던 이유는 따로 있다. 원래 샤스타가 태어난 곳은 아첸랜드였다. 아첸랜드는 칼로르멘의 북쪽에 위치해 있고, 그 위쪽으로는 위대한 사자 아슬란의 땅 나니아가 있다. 샤스타가 북쪽 이야기에 관심이 많았던 것은 그가 태어난 곳이었기 때문이다. 그는 이 사실을 몰랐지만 그의 마음은 자연스럽게 고향 땅을 향하고 있었던 것이다.

타르칸의 군마인 브레는 원래 나니아에서 태어난 말하는 말이다. 아첸랜드로 가는 남쪽 고개 근처에는 얼씬도 하지 말라는 엄마의 말씀을 귀담아듣지 않다가 사람들에게 잡혀 칼로르멘 땅까지 오게 된 것이다. 말을 하지 못하는 동물들이 사는 땅에 대해 궁금해하다가 사람들에게 잡혀 와 말을 못 하는 동물처럼 살아가는 브레의 모습은, 물려받을 재산을 미리 챙겨 아버지의 집을 버리고 도시로 떠났다가 결국에는 돼지나 먹는 음식을 먹으며 연명하는 탕자의 모습을 떠오르게 한다. 탕자가 그랬던 것처럼 브레 역시 고향으로 되돌아가고 싶어 한다. 고향에서는 말하는 동물로 자유롭게 살 수 있기 때문이다.

그곳 말들은 어떻게 행동할까

북쪽 땅을 향해 길을 떠난 샤스타와 브레가 궁금해하는 것 중 하나는, 과연 그곳의 사람들과 동물들은 어떻게 행동할까 하는 것이다.

그보다 더 궁금한 것은 자유롭게 산다는 건 어떤 것일까 하는 것이다.

샤스타는 가혹한 아르세슈 밑에서 노예처럼 살았고, 브레 역시 말하지 못하는 다른 동물들과 똑같이 행동하며 살았기 때문에 한번도 자유를 누려 본 적이 없다. 무엇인가로부터 속박당할 때는 그것으로부터 벗어나는 것이 자유의 전부지만, 일단 그 상태에 이르고 나면 그 다음부터는 무엇을 어떻게 해야 하는지가 문제가 된다. 모든 것을 스스로 결정해야 하기 때문이다. 더욱이 자신이 하게 될 행동이 다른 사람들이 규범적으로, 혹은 일상적으로 하는 행동과 다르다면 이것은 참 곤혹스러운 일이 아닐 수 없다.

누구보다도 브레가 이런 걱정을 많이 했다. 그는 이제까지 말하지 못하는 동물처럼 지내 왔으므로 말하는 자유로운 동물들이 어떻게 행동하는지 전혀 기억이 없다. 그는 지금 자신이 하는 행동이 나니아에 가면 비웃음거리가 되지 않을까 걱정하고 또 걱정한다.

브레가 콧김까지 내뿜으며 기분 좋게 등을 풀밭에 비비대고 네 다리를 공중에 대고 흔들자 샤스타는 참지 못하고 웃음을 터뜨리는데, 이때 브레는 걱정스러운 투로 이렇게 묻는다.

"넌 생각 안 해 봤겠지만, 말하는 말은 말 못 하는 말들한테 배운, 바보 같고 광대 같은 짓을 절대로 안 할 것 같지 않니? 나니아에 돌아갔을 때에, 내가 안 좋은 천박한 버릇을 잔뜩 가지고 있는 게 알려져 봐. 얼마나 끔찍하겠어? 샤스타, 넌 어떻게 생각해? 솔직히 말해 줘. 내 기분은 신경 쓰지 말고. 네 생각엔 진짜 자유로운 말들, 말하는 말들도 풀밭에서 뒹굴 것 같아?"

브레는 또 나니아로 들어가기 직전, 안바드 성으로 떠나면서 여느 때처럼 코르(샤스타의 원래 이름이 코르였다)를 태우려고 하다가 당황스러운 사실을 깨닫게 된다. 나니아나 아첸랜드에서는 전쟁 때를 제외하고는 아무도 말하는 말 위에 타지 않는다는 것이다. 이때 브레는 이렇게 생각한다.

이 일로 해서 가엾은 브레는 자신이 나니아의 관습을 얼마나 모르는지, 또 어떤 끔찍한 실수를 저지를지 다시 한 번 되새기게 되었다. 그래서 휜이 행복한 꿈에 젖어 천천히 걷는 동안에도, 브레는 한발 한발 옮길 때마다 점점 더 조바심이 나고 자신이 없어졌다.

처음에는 나니아로 돌아가는 것이 마냥 좋았지만 목적지에 가까울수록 브레에게는 새로운 고민이 하나둘씩 생기고 점점 자신이 없어지기 시작한다.

브레가 겪는 어려움은 이런 것만이 아니다. 나니아로 가기 위해서는 칼로르멘 땅을 지나야 했기 때문에 당연히 말하는 동물처럼 행동해서는 안 되었을 뿐 아니라 군마처럼 보여서도 안 되었다. 샤스타가 끌거나 타고 가는 것이 이상하지 않을 정도로 브레는 추레해 보여야 했고, 그렇게 보이기 위해 꼬리의 일부분을 들쑥날쑥하게 잘라 내야 했다. 비록 말하지 못하는 동물처럼 살아오기는 했지만 그래도 훌륭한 군마로 살아온 브레에게 이것은 몹시 부끄러운 일이었다. 더욱이 나니아로 들어가려는 마당이었기에 브레의 고민은 점점 더해 가고, 그 발걸음은 점점 느려진다. 이를 눈치 챈 휜이 브레를 비웃으며 이렇게 이야기한다.

> "아, 꼬리 때문이군요, 브레! 이제 알겠어요. 당신은 꼬리가 자랄 때까지 기다리고 싶은 거죠? 하지만 우린 나니아에서 말들이 꼬리를 길게 늘어뜨리는지 어떤지도 모르고 있잖아요. 브레, 어쩜 그렇게 타슈반의 그 타르케나만큼 허영 덩어리예요?"

물론 나니아의 동물들이라고 해서 허영심의 문제로부터 자유롭지는 않다. 〈캐스피언 왕자〉에 나오는 명예를 소중하게 여기는 생쥐 리피치프만 해도 그렇다. 리피치프에게도 꼬리가 문제였는데, 그는 꼬리가 잘린 것 때문에 심지어 목숨을 내던지려고까지 한다. 비록 아슬란이 꼬리를 원래대로 되돌려 주어 그런 일은 생기지 않았지만, 리피치프에게는 자신의 꼬리가 곧 명예의 상징이었던 것이다. 브레 또한 꼬리 때문에 무척 위축되지만, 아슬란으로부터 위로를 받고 마음을 고쳐먹게 된다.

자유의 이름으로

브레는 나니아의 말하는 동물들이 어떻게 행동하는지 궁금해하면서도 자신에게 주어진 자유를 나름대로 즐긴다. 그러나 자유는 잘못 사용하면 방종이나 나태로 변질되기 쉬운 법이다. 브레 역시 자유를 잘못 사용하여 이런 오류에 빠지게 된다.

코린 왕자로 오해를 받아 일행과 헤어지게 된 후 다시 일행과 만나게 된 샤스타는 칼로르멘 사람들이 아첸랜드를 공격하게 될 것이라는 이야기를 전하며 길을 재촉한다. 그러나 사막을 지나야 했기 때문에 계속해서 전속력으로 달린다는 것은 쉬운 일이 아니었다. 처음에는 칼로르멘 땅이 멀어지고 있다는 사실에 기분이 좋았지만 어느 순간부터 제자리걸음을 하고 있다는 느낌이 들어 길을 가기가 점점 어려워지고, 낮이 되어 사막의 불볕더위가 시작되자 어려움은 가중된다. 그러다가 마침내 저녁이 되고 작은 폭포수를 발견하게 된 일행은 잠시 쉴 요량으로 누웠다가 그대로 곯아떨어지고 만다. 문제는 여기서 시작된다. 맨 먼저 잠에서 깨어난 아라비스가 급히 일행을 깨우고 길을 재촉하지만 브레가 찬성하지 않는다.

> 아라비스가 재촉했다.
> "어서, 빨리빨리. 우린 벌써 반나절이나 낭비했어. 꾸물거릴 시간이 없어."
> 브레가 말했다.
> "풀이라도 한입 먹어야 할 거 아냐."

"그럴 시간 없어."

"아니, 왜 그렇게 서둘러? 우린 이미 사막을 건넜잖아."

"아직 아첸랜드에 온 건 아니잖아. 라바다슈보다 먼저 도착해야 해."

"그래도 한참이나 앞질렀는걸, 지름길로 온 셈이니까. 샤스타, 그 까마귀가 이 길이 지름길이라고 했지?"

"지름길이란 소리는 안 했어. 더 나은 길이라고 했을 뿐이지. 오아시스가 타슈반 북쪽에 있다면 이 길이 오히려 더 멀지도 몰라."

"난 빈속으론 갈 수 없어."

그러자 흰이 브레에게 이렇게 말한다.

"저…… 제 말 좀 들어 보세요. 나도 당신처럼 이대로는 못 갈 것 같아요. 하지만 말이 (박차 따위를 단) 사람을 태웠을 때는, 아무리 지금 같은 상태라도 어서 가라고 하면 가지 않던가요? 우리, 그러는 거 많이 봤잖아요. 그러니까…… 으응…… 우리는 자유로운 말들이니 훨씬 더 힘든 일도 할 수 있어야 한다는 거죠. 다 나니아를 위한 일이잖아요."

루이스 역시 흰의 이야기에 동의한다.

사실. 흰의 말이 옳았다.. 만일 타르칸이 등에 올라타고 계속 가라고 명령했다면, 브레는 힘든 길도 몇 시간씩 잘 갔을 것이다. 하지만 오랫동안 노예로 있었거나 억지로 시키는 일을 하도록 길들여진 이들처럼, 브레는 강압적으로 시키는 사람이 없으니 스스로 하려고 들지 않았다.

흰의 말처럼 아마 브레가 말하지 못하는 말이었다면 지금과 같은 상황에서도 계속 달릴 수 있었을 것이다. 아니, 달려야만 했을 것이다. 그렇지 않다면 주인의 채찍질에 견딜 수가 없었을 것이기 때문이다. 자유로운 말이라면 지금과 같은 상황에서 말하지 못하는 말보다 더 열심히 달려야 한다는 게 흰의 생각이었다. 이것이야말로 진정한 의미의 자유였다. 그렇지만 결국 일행은 브레가 아침을 다 먹을 때까지 기다려야 했고, 마침내 오전 11시가 다 되어서야 길을 떠날 수 있었다. 브레는 전날보다 훨씬 더 꿈지럭거렸고, 자신보다 더 약하고 피곤에 지친 흰보다 속도를 내지 못한다.

안바드 성에 다다를 무렵 근처에 이미 칼로르멘의 군대가 와 있는 것을 알게 되었을 때도 브레는 충분히 최선을 다해 속력을 내지 않는다. 샤스타는 더 빨리 달리라고 외치고 싶은 마음을 억누르며 브레가 지금 최선을 다해 뛰고 있는 것이라고 생각하지만 사실은 그렇지 않다. 뒤에서 갑자기 사자의 울부짖는 소리가 들렸을 때 브레는 이제까지와는 비교도 안 되는 속도로 달리기 시작한다. 이쯤 되고 보니 브레는 자신이 여태껏 그다지 빨리 달려온 것이 아님을 깨닫게 된다.

오죽하면 샤스타가 속으로 '심하다, 심해! 이 정도면 사자도 못 쫓아올 거야'라고 생각했을까.

브레는 자신도 모르는 사이에 마치 말하지 못하는 동물이 그런 것처럼, 누군가로부터 명령을 받아야만 몸을 움직이는 데 익숙해져 있었던 것이다. 그가 누리는 자유는 자유가 아니라 나태였다. 그는 자신의 자유로운 의사에 따라 최대한 빨리 달리지 못하고, 뒤에서 사자의 울음소리가 들리고 목숨에 위협을 느끼자 비로소 속력을 내기 시작한다. 외적인 강제가 주어지고 나서야 겨우 몸을 움직일 수 있었던 것이다. 브레 자신도 이러한 사실을 몰랐다. 아마도 이것은 변명이 아닐 것이다. 그는 정말로 그 사실을 모르고 있었을 것이다. 브레가 말하지 못하는 동물처럼 살아왔던 이제까지의 습관에서 완전히 벗어난다는 것은 그만큼 어려운 일이었다는 이야기다.

그런데 사자의 울음소리를 듣고 갑자기 속력을 내기 시작한 것도 부끄러운 일이지만 이보다 훨씬 더 브레를 부끄럽게 하는 일이 곧바로 이어진다. 군마의 명성이 무색할 정도로 브레가 정신없이 달아나는 사이 뒤따라오던 사자는 휜의 뒷다리를 물어뜯기 위해 덤벼들고, 이를 본 샤스타가 브레의 등에서 뛰어내려 휜과 휜의 등에 타고 있던 아라비스를 구한 것이다. 비록 아라비스가 등에 상처를 입기는 했지만 그나마 목숨을 구할 수 있었던 것은 샤스타 덕분이다. 이 일을 두고 브레는 무척 부끄러워한다. 그는 심지어 칼로르멘으로 돌아가 다시 노예가 되겠다고까지 이야기한다.

"그래, 나에겐 노예생활이 어울려. 나니아의 자유로운 말들 앞에 어떻게 얼굴을 들고 다니겠어? 암말과 어린 여자애와 사내애를 사자 밥이 되게 내버려두고 혼자만 살겠다고 도망친 게 바로 나라고!"…… "샤스타는 안 그랬어! 적어도 옳은 쪽으로 달려갔어. 뒤돌아서 뛰었단 말야! 그래서 더 부끄러운 거야. 스스로 군마랍시고 전쟁에 백 번이나 출전했다고 뻐겼던 내가, 제대로 배우지도 못한데다 칼도 한 번 안 잡아 본 어린 사내아이도 하지 않는 비겁한 짓을 했어!"

브레는 그제야 자신이 노예처럼 행동해 왔음을 깨닫는다. 그는 자유가 아니라 나태함을 누리고 있었으며, 자유인이 된 것이 아니라 두려움에 사로잡힌 또 다른 노예가 되어 있었던 것이다. 브레는 이런 상태로는 나니아에 들어갈 수 없음을 절실하게 느낀다. 그는 나니아에 들어갈 자격이 없다고 스스로 생각한다. 은둔자는 이런 브레에게 다음과 같은 위로의 이야기를 들려준다.

"착한 말아, 넌 그저 자만심을 잃었을 뿐이야. 자, 그럼 못써. 내 앞에서는 그 딴 식으로 귀를 젖히고 갈기를 흔들어 대지 마. 좀 전처럼 겸손해지려면 옳은 소리에 귀를 기울일 줄도 알아야 해. 넌 그렇게 대단한 말이 아니야. 말 못 하는 가엾은 말들과 섞여 살면서 느낀 것처럼 말이다. 물론 그들보다야 용감하고 영리하겠지. 어쩌면 네가 그런 생각을 하게 된 것도 당연하다. 하지만 나니아에서는 어림없어. 너 스스로 남보다 뛰어날 게 없다고 생각하면 썩 괜찮은 말이 될 수 있을 거다."

내가 사실은 왕자였다니

안바드 성에서 칼로르멘 군대와의 전쟁이 벌어지고 마침내 나니아와 아첸랜드의 군대가 승리를 거둔 후 샤스타는 놀라운 사실을 알게 된다. 그것은 바로 자신이 코린의 쌍둥이 형 코르라는 사실이다. 가난한 어부의 집에서 온갖 구박을 받으며 살던 자신이 사실은 왕자, 그것도 장차 일국을 다스리게 될 왕위계승자였다는 사실은 샤스타에게는 그야말로 복음이라 할 만하다. 이제 샤스타는 흔히 말하는 '일인지하(一人之下) 만인지상(萬人之上)'의 자리에 오르게 된 것이다. 그렇지만 이 사실을 알고 난 이후에도 샤스타는 결코 우쭐대거나 교만하게 행동하지 않는다. 그는 조금도 달라지지 않고 예전 모습 그대로 친구들을 대한다. 대신 그에게는 예전과는 달라진 신분 때문에 해야 되는 여러 가지 새로운 일들이 생기게 된다.

"힘내, 브레. 난 너보다 훨씬 더 끔찍해. 넌 공부 따위는 안 해도 되잖니? 난 읽기, 쓰기, 문장학, 역사, 음악…… 모든 걸 다 배워야 하는데, 넌 나니아의 언덕을 맘껏 뒹굴며 뛰어다닐 수 있잖아."

샤스타는 왕자의 신분에 걸맞도록 앞으로 배워야 할 것들이 얼마나 많은지 브레에게 시시콜콜하게 이야기한다. "공부가 제일 쉬웠어요"라고 이야기하는 사람이 있기도 하지만 사실 배운다는 것은 쉬운 일이 아니다. 더욱이 가난한 어부의 집에서 자란 샤스타가 이렇게 많은 과목들을 배워야 한다면, 그것은 무척 어려운 일일 수밖에 없다. 요즘도 기업을 물려받을 후계자들은 어려서부터 흔히 하는 말로 '제왕학'이라는 것을 배운다고 한다. 그렇지만 샤스타의 말이 엄살처럼 들리는 것도 사실이다. 샤스타의 말은 복에 겨워서 하는 이야기다. 그것은 샤스타가 새로 덧입게 된 신분이 워낙 엄청난 것이기 때문이다. 앞으로 배우게 될 여러 가지 것들이 힘들다고 해서 왕위계승자의 신분을 포기한다는 것은 어리석은 일이다. 앞으로의 어려움은 지금 새롭게 변화된 것에 비하면 감내하기에 조금도 어렵지 않다.

그런데 이런 식의 이야기는 《나니아 연대기》의 다른 이야기에도 나온다. 〈마법사의 조카〉에 등장하는 마부 프랭크가 바로 그렇다. 그는 신분도 보잘것없지만 책에서 차지하는 비중 역시 매우 적다. 〈마법사의 조카〉를 읽는 동안 처음부터 그에게 주목했던 독자는 아마 아무도 없을 것이다. 그런 그가 나니아의 초대 왕이 된다. 프랭크를 왕으로 세운 것은 바로 나니아를 만든 위대한 사자 아슬란이다. 아슬란은 누군가를 왕으로 세우기 위해 그가 처음부터 지니고 있던 자질들에 주목하지 않는다. 대신 아슬란은 인간들의 기준으로 볼 때 왕이 될 만한 아무런 자질도 갖추지 못한 누군가를 왕으로 세우고, 그런 다음 그가 나라를 잘 다스릴 수 있도록 가르친다. 샤스타 역시 마찬가지다. 이제까지 그가 듣고 보고 배운 것들은 별로 문제가 되지 않는다. 그는 이제 왕자가 되었고, 장차 나라를 다스리게 될 것이며, 이 일을 위해 필요한 것들을 조금씩 배워 나가게 될 것이다. 왕이 되는 데 과거가 문제가 되는 것은 아니다. 과거는 아무 문제가 안 된다. 샤스타의 이야기가 가르쳐 주는 것은 이런 것이다.

브레 역시 이러한 교훈을 받아들여야 한다. 그는 누구보다도 거만했고, 정작 움직여야 할 때는 누구보다도 게을렀으며, 또 위기의 순간에는 누구보다도 앞서 도망갔다. 이로 인해 브레는 나니아로 들어가는 것을 주저하기도 한다. 그러나 이런 이유로 나니아로 들어가지 않겠다고 마음먹는 것은 이제까지보다 훨씬 더 크게 잘못하는 것이다. 〈사자와 마녀와 옷장〉에 나오는 에드먼드의 예를 떠올려 보아도 좋을 것이다. 에드먼드의 경우에는 단순한 실수가 아니라 치명적인 죄를 저질렀다. 그의 배신행위는 나니아 전체를 위기로 몰아넣었으며, 그 죄를 씻기 위해서는 아슬란의 피가 필요했다. 그러나 부활한 아슬란이 그의 죄를 용서할 때 에드먼드는 기꺼이 스스로를 용서하며, 예전의 잘못 때문에 오랫동안 죄책감에 사로잡히지도 않는다. 그랬기에 그는 훌륭한 왕이 되어 나니아를 다스릴 수 있었던 것이다.

모든 일의 배후

어떻게 보면 모든 일은 아주 우연히 시작되었다고 할 수 있다. 어느 날 우연히 타르칸이 샤스타의 집에 와 묵게 되었고, 그는 우연히 자신의 몸값을 두고 흥정하는 이야기를 듣게 되었으며, 우연하게도 타르칸이 타고 온 말은 나니아의 말하는 동물이었다. 샤스타가 주워

온 아이가 아니었다면 브레가 아무리 나니아로 돌아가고 싶다고 해
도 함께 길을 떠나지 않았을 것이다. 아라비스와 휜을 만난 것도 우
연이다. 무엇보다도 샤스타가 칼로르멘에서 나니아 사람들의 눈에
띄어 아첸랜드의 왕자인 코린으로 오해받고, 마침내 오래 전에 잃어
버린 왕자 코르로 판명되는 이야기야말로 우연적이다. 그렇지만 우
연으로 보이는 이 일련의 과정 뒤에는 아슬란이 있다. 아슬란이 아주
세심하게 이들의 행로를 지시하고 이들의 길을 예비한 것이다.

혼자 안바드 성으로 향하던 와중에 아슬란이 다가와 말을 걸었을
때 샤스타는 자신이 얼마나 재수 없는 아이인지 슬픔에 찬 목소리로
이야기한다. 진짜 부모가 누구인지도 모른 채 구박받으며 자라다가
마침내 집에서 도망쳐 나와야 했고, 길을 떠나 후에는 사자에게 쫓기
다가 강을 헤엄쳐 겨우 살아났고, 타슈반에서는 수많은 위험을 겪어
야 했고, 왕릉 곁에서는 짐승들의 울음소리를 들으며 두려움에 휩싸
인 채 밤을 새워야 했고, 사막을 건널 때는 더위와 갈증을 견뎌야 했
고, 목적지에 거의 다다랐을 무렵에는 사자에게 쫓기다 아라비스가
상처를 입었고, 지금은 함께 온 다른 일행들은 은둔자의 집에서 아늑
하게 잘 지내고 있는데 자신만 홀로 안바드 성을 향해 가면서 며칠
동안 아무것도 먹지 못하고 있으니 자신이 얼마나 재수가 없느냐는
것이다. 그러자 아슬란은 이렇게 말한다.

"그렇다면 넌 재수 없는 애는 아니구나."
"그렇게 사자를 많이 만났는데도 재수 없다는 생각이 안 드세

요?"

"겨우 한 마리였는데도?"

"그게 도대체 무슨 소리예요? 방금 제가 첫날밤에는 두 마리
가 있었다고 했고, 또……."

"한 마리뿐이었다. 다만 발이 빨랐을 뿐이지."

"어떻게 아세요?"

"내가 그 사자니라."

샤스타가 너무 놀라 입을 쩍 벌리고 아무 말도 못 하자, 그 목
소리가 계속 이야기했다.

"난 너와 아라비스를 만나게 해 준 사자란다. 또 왕릉 근처에
있던 널 보호해 준 고양이기도 하고, 네가 잠잘 동안 자칼이
덮치지 않도록 지켜 준 사자이기도 하지. 네가 제때에 룬 왕
을 만날 수 있도록 말들에게 겁을 주어 마지막 1.5킬로미터를
전속력으로 뛰게 만들기도 했고, 넌 기억 못 하겠지만 네가
아기였을 때 네가 탄 배를 뭍으로 밀어 주었다. 그래서 한밤
중에 일어나 바닷가에 나와 있던 남자가 죽기 직전이었던 널
구하게 했느니라."

샤스타는 그 사실을 모르고 있었지만 사실 아슬란은 샤스타가 집
을 떠난 뒤 줄곧 그를 지켜보고 있었으며, 위기의 순간에 직접 그 모
습을 드러내어 위기 상황을 벗어날 수 있도록 해 주었다. 또한 우연
이었다고 생각하는 그 모든 일들이 사실은 아슬란의 인도로 이루어

진 것이었다. 샤스타와 브레가 아라비스와 휜을 만날 수 있었던 것은 아슬란이 그들을 위협하여 뒤쫓았기 때문이고, 제때에 룬 왕을 만날 수 있었던 것도 아슬란이 브레에게 겁을 주어 전속력으로 뛸 수 있게 해 주었기 때문이다. 더욱 놀라운 것은 샤스타가 집을 떠난 뒤의 며칠 동안이 아니라 그가 태어난 이후부터 줄곧 아슬란이 샤스타를 지켜보고 있었다는 사실이다. 아슬란은 샤스타가 아기일 때 그가 타고 있던 배가 뒤집히지 않도록 도와주었고, 뭍으로 밀어 주었으며, 아르셰슈를 깨워 아기를 발견하고 키우게 했던 것이다.

후에 알게 되는 일이기는 하지만, 사실 샤스타의 삶 전체는 처음부터 아슬란의 큰 계획 속에 놓여 있었다. 샤스타는 칼로르멘 군대가 쳐들어온다는 사실을 사람들에게 알림으로써 아첸랜드를 구하게 되는데, 이것이야말로 샤스타를 통해 아슬란이 하고자 했던 바다. 켄타우루스가 어린 코르(샤스타의 원래 이름)를 두고 장차 아첸랜드를 구하게 되리라고 했던 것이 바로 지금 실현된 것인데, 아슬란은 이 과정을 위해 샤스타의 배후에서 줄곧 그를 지켜보면서 항상 함께했던 것이다. 이런 샤스타의 삶을 재수 없다고 이야기하는 것은 옳지 않다. 그의 삶이야말로 축복받은 삶이다. 샤스타 역시 이 모든 사실들을 다 이해하고, 다음과 같이 고백한다.

"아슬란 님은 모든 일을 뒤에서 지켜보고 있는 것 같아."

4. 캐스피언 왕자

전설이 되어 버린 역사

이제까지의 이야기에서 나니아는 매우 특별한 나라였다. 나니아를 창조한 위대한 사자 아슬란의 존재도 특별하지만, 당장 눈으로 보기에는 온갖 동물들이 말을 하고, 물의 요정 나이아스와 나무의 요정 드루아스가 시내와 숲에서 살고, 난쟁이들이 있고, 숲 속에는 염소 발처럼 생긴 작고 사랑스러운 파우누스들이 산다는 점이 특별했다. 그러나 〈캐스피언 왕자〉에서 우리가 보게 되는 나니아는 여느 나라들과 다를 것이 하나도 없는 평범한 나라다. 나니아에 있던 말하는 동물들과 난쟁이들은 종적을 감추었고, 요정들도 더 이상 눈에 띄지 않는다. 이들은 다만 옛이야기 속에만 존재할 뿐이다. 나니아가 이렇게 된 것은 텔마르 사람들이 나니아를 정복한 후 이들을 쫓아냈기 때문이다. 텔마르 사람들은 이들을 쫓아냈을 뿐 아니라 이들이 처음부터 아예 없었던 것으로, 이들의 이야기는 다만 전설이라고 조작한다. 캐스피언 왕자가 나니아의 옛이야기에 대해 이야기했을 때 삼촌인 미라즈 왕은 이렇게 말한다.

> "그런 건 코흘리개나 믿는 엉터리 얘기다. 어린애들한테나 어울리는 얘기란 말이다, 알겠느냐? 이제 넌 그런 얘기에 솔깃할 나이는 지났어. 네 나이엔 옛날이야기가 아니라 전쟁이나 모험을 생각해야 한다."

그리고 지금의 나니아에서 옛 나니아에 대해 이야기하는 것은 사실상 금지되어 있다. 캐스피언 왕자로부터 나니아의 이야기를 들은 미라즈 왕이 (캐스피언 왕자에게 그 이야기를 들려준) 유모를 곧바로 쫓아내 버리고, 새로운 가정교사로 부임한 코넬리우스 박사가 나니아의 역사에 대해 이야기하면서 매우 조심스러워하는 것은 다 이유가 있다. 옛 나니아에 관한 이야기는 텔마르 사람들에게 위험한 이야기다. 말하는 동물들이 살고 있었다는 사실 자체가 위험한 것이 아니라, 이 이야기가 텔마르 사람들이 침략자라는 사실을 드러내기 때문에 위험하다는 것이다. 말하자면 이 이야기는 텔마르 사람들의 통치 기반을 무너뜨릴 수도 있는 이야기다.

이로 인해 텔마르의 지배자들은 아주 치밀하고 의도적으로 옛 나니아의 역사를 말살해 왔고, 그 시도는 지금까지 계속되고 있다. 옛 나니아의 역사가 단순한 전설이 아니라는 것은 누구보다도 텔마르의

지배자들이 잘 알고 있다. 미라즈 왕이 캐스피언 왕자의 이야기에 그
토록 민감하게 반응을 보였던 데는 다 이유가 있다. 이들은 옛 나니
아에 관한 이야기가 전설이 아니라는 것을 잘 알고 있었던 것이다.

사실 진실을 감춘다는 것은 매우 어려운 일이다. 프톨레마이오스
의 천동설은 매우 복잡하고 난해해서 보통 사람들은 이해하기가 무
척 어렵다. 그럴 수밖에 없는 것은, 천동설에서 주장하는 내용이 사
실이 아니기 때문이다. 지구는 가만히 있고 태양이 지구 주위를 돈다
고 주장하고 나니 이렇게 해서는 설명할 수 없는 현상들이 나타나고,
다시 이를 설명하기 위해 여러 이론들을 자꾸 덧붙이다 보니 학설이
점점 복잡하고 난해해진 것이다.

진실을 감춘다는 것이 꼭 이와 같다. 하나의 진실을 감추기 위해서
는 수많은 거짓 이야기들을 덧붙여야 하고, 진실에 이르는 단서들을
하나하나 없애 나가야 한다. 그러다 보면 수많은 검열과 금지가 덧붙
여지게 마련이다. 검열과 금지가 많은 나라들일수록 무엇인가 '구
린' 구석이 많은 것은 바로 이런 이유 때문이다. 지금 나니아의 모습
이 바로 그렇다.

역사 다시 쓰기의 결과

사실 역사를 새로 쓰는 것은 나라를 새로 세운 사람들이라면 누구
나 하는 일이다. 한 나라의 건국 과정을 알려 주는 건국 서사시나 이
와 비슷한 이야기들은 대부분 나라가 세워진 지 얼마 되지 않은 시점
에서 만들어진다. 텔마르 사람들도 바로 이런 일을 한 것이다. 텔마

르 사람들은 옛 나니아의 역사를 전설로 바꿔 버림으로써 자신들이 세운 새로운 나라가 정통성을 부여받았음을 주장하려는 것이다. 이런 의도는 충분히 이해할 수 있지만 텔마르 사람들의 새로운 역사 쓰기는 나니아를 예전과 완전히 다른 나라로 바꾸어 버렸다.

무엇보다도 텔마르 사람들은 옛 나니아의 역사와 더불어 나니아를 다스리는 통치원리를 버렸다. 이로 인해 생긴 참혹한 결과 가운데 하나를 〈새벽출정호의 항해〉에서 확인할 수 있다. 왕이 된 캐스피언은 몇몇 신하들과 더불어 항해를 하다가 론 제도에 상륙하게 되는데, 거기서 노예 상인들에 의해 노예로 팔려 가게 된다. 나니아의 영토에서 사람을 사고파는 일이 버젓이 벌어지고 있다는 사실은 매우 충격적이다.

옛 나니아에서는 사람은 말할 것도 없고 말하는 동물들을 강제로 부리거나 신성한 나무들을 함부로 베는 것이 허용되지 않았다. 나니아는 자유로운 나라였고, 이들 모두는 자유로운 국민이었기에 어느 누구도 다른 사람의 자유를 빼앗을 수 없었다. 〈마지막 전투〉에서 원숭이 시프트가 아슬란의 이름을 빙자해서 말하는 동물들을 부려 먹는 광경을 보고 티리언 왕이 참을 수 없는 분노를 느끼는 것만 보아도 잘 알 수 있다. 이는 아슬란이 명령한, 나니아를 통치하는 가장 기본적인 원리를 저버린 것이다. 그러나 텔마르 사람들의 통치가 시작된 이래로 이들 원리는 모두 사라져 버렸다. 그 결과 옛 나니아를 다른 나라들과 구별되게 했던 그 많은 것들이 함께 없어지고, 나니아는 다른 나라와 다를 것이 하나도 없는 나라가 된다.

텔마르 사람들의 역사 다시 쓰기가 낳은 또 다른 문제점이 있다. 피터와 수잔, 에드먼드와 루시가 나니아 땅으로 돌아왔을 때 이들은 자신들이 나니아를 통치할 때 머물렀던 케어 패러벨 성이 폐허로 변해 버린 것을 발견한다. 또 트럼프킨을 자루에 묶은 채 이곳으로 와 물에 빠뜨리려고 했던 사람들은 수잔이 화살을 쏘자 혼비백산하여 달아나는데, 그것은 이 일대에 유령이 산다는 소문이 무성했기 때문이다. 그들은 수잔을 유령으로 생각한 것이다. 나니아의 번영을 상징했던 이곳이 폐허의 땅, 유령들이 사는 두렵고 무서운 땅이 되어 버린 이유는 무엇일까?

코넬리우스 박사는 '검은 숲' 속에 온갖 유령이 다 모여 살지 않느냐고 묻는 캐스피언 왕자에게 이렇게 말한다.

"지금 왕자님은 여태껏 배웠던 대로 말씀하시는 겁니다. 그건 다 거짓말입니다. 거기에 유령 따위는 없습니다. 텔마르 사람들이 지어낸 얘기일 뿐입니다. 텔마르의 왕들은 아슬란이 바다 너머에서 오신다는 숱한 얘기들을 똑똑히 기억하고 있기 때문에 바다를 끔찍이도 무서워합니다. 바다엔 얼씬도 안 하려고 하고, 다른 사람들이 얼씬거리는 것도 꺼려 했습니다. 그래서 백성들도 해안에서 멀리 떨어져 있게 하려고 온 나라에 숲이 무성해지도록 내버려둔 겁니다. 그리고 왕들은 옛날에 나무들과 싸운 경험이 있기 때문에 숲을 두려워합니다. 또 숲을 겁내다 보니 숲에는 유령이 우글거린다고 상상하게 된 것입니다. 바다와 숲을 다 싫어하는 왕들과 귀족들은 이 얘기를 믿을 뿐 아니라 꾸며 대기까지 했습니다. 나니아에 사는 어느 누구도 해안 가까이 내려가 아슬란의 나라이며 아침이 오는 곳이자 세상의 동쪽 끝인 바다를 쳐다보려고조차 하지 않아야 비로소 마음을 놓을 수 있을 겁니다."

케어 패러벨 성 일대가 이렇게 된 것은 텔마르 사람들의 거짓말 때문이다. 텔마르 사람들이 나니아 땅을 정복했을 때, 아마도 이곳에 살던 백성은 아슬란이 나니아를 창조한 일과 배신자 에드먼드를 구하기 위해 스스로 목숨을 내놓은 일, 마녀 제이디스와 치렀던 전투와 여기서 보여 준 큰 능력, 그리고 언젠가는 나니아를 회복시키기 위해 다시 올 것이라는 이야기를 했을 것이다. 텔마르 사람들이 바다를 끔찍이도 무서워하게 된 것은 바로 아슬란 때문이다. 전해 내려오는 이야기에 따르면, 아슬란이 케어 패러벨 성의 동쪽 끝 바다로부터 오기로 되어 있기 때문이다.

그리고 텔마르의 지배자들은 이곳에 있는 나무들과 매우 힘든 전쟁을 치러야 했기 때문에 그 두려움이 아직까지 남아 있다. 나중에 나니아의 회복을 위한 전쟁이 시작되고 나무들이 깨어나 움직이기 시작했을 때 텔마르 사람들은 세상의 종말이라도 온 양 엄청난 공포에 사로잡히게 된다. 이것은 텔마르 사람들이 그동안 케어 패러벨 성 일대의 숲을 얼마나 두려워했는지 보여 주는 단적인 예일 것이다.

이런 두려움을 떨쳐 버리기 위해 사람들을 이 근처에 아예 얼씬도 하지 못하게 했는데, 유령이 나온다는 이야기는 매우 효과적이었다. 오랫동안 사람들은 이곳을 찾지 않았으며, 그 결과 이곳은 폐허가 되었다. 그러나 우리가 살아가고 있는 세계의 어느 한구석에 유령이 살고, 이들이 수시로 출몰하여 우리를 위협할 수 있다고 한다면 그것은 참 끔찍한 일이 아닐 수 없다. 결과적으로 이 일은 두려움을 떨쳐 버리기 위해 또 다른 두려움을 만들어 낸 꼴이 되고 만 것이다.

역사와 믿음

나니아 백성에게 나니아의 옛 역사는 전설도 아니고 재미있는 옛날이야기도 아니다. 그것은 또 단순한 의미의 역사적 사실이기만 한 것도 아니다. 나니아의 옛 역사는 나니아의 현재와 미래에 대해 알려 주고, 이곳에 사는 백성이 품어야 할 소망을 제시해 준다. 오소리 트러플헌터는 이 점에 대해 분명히 알고 있었다. 캐스피언 왕자를 어떻게 할 것인가 하는 문제를 놓고 니카브릭 · 트럼프킨과 토론을 벌였을 때 트러플헌터는 나니아가 아담의 아들이 왕이었을 때만 정상적이었다는 사실을 상기시킨다.

그러자 트럼프킨이 언성을 높였다.
"웬 뚱딴지같은 소리야? 이봐, 자네는 이 나라를 인간들한테 넘겨주고 싶다는 거야?"
오소리는 조리 있게 대답했다.
"난 그런 얘긴 한 마디도 안 했어. 내가 말한 건 인간의 나라

(인간의 나라라면 내가 누구보다도 잘 알아)가 아니라 한 인간이
다스리는 나라야. 우리 오소리들은 옛일을 생생히 기억하고
있어. 생각해 봐, 피터 제왕도 인간이었잖아?"

'한 인간이 다스리는 나라' 라는 것이 나니아의 성격을 바꾸지는
않는다. 아슬란이 처음부터 나니아를 한 인간이 다스리는 나라로 창
조했기 때문이다. 이러한 역사 이해에 따라 트러플헌터는 캐스피언
왕자를 자신의 왕으로 인정한다. 말하는 동물들이 캐스피언 왕자를
적극적으로 지지하고 텔마르 사람들과의 전투에서 누구보다도 앞장
서서 싸울 수 있었던 것도 옛 나니아의 역사를 이런 방식으로 이해했
기 때문이다. 이들에게 나니아의 역사를 역사로 받아들인다는 것은
이것을 역사책에 기록된 사실로 받아들인다는 것을 의미하지 않는
다. 이것은 아슬란에 대한 믿음의 표시이며, 앞으로 그가 하게 될 일
에 대한 소망의 표시다.

트러플헌터가 나니아의 역사와 아슬란에 대해 이야기했을 때 난쟁
이 트럼프킨은 이렇게 말한다. "자넨 그런 옛날이야기를 그대로 믿
는단 말인가?" "요즘 세상에 누가 아슬란을 믿나?" 결국 나니아의
역사를 역사로 받아들이느냐 옛날이야기로 받아들이느냐 하는 것은
믿음의 문제로 귀착된다. 캐스피언 왕자는 이렇게 말한다.

"난 믿어요. 설사 전에는 안 믿었더라도 지금부터는 믿고 싶
어요. 찬찬히 생각해 보세요. 인간들 가운데에서 아슬란 님을

비웃던 사람들은 말하는 동물들과 난쟁이 얘기에도 코웃음을 쳤죠. 나도 이따금은 아슬란 님의 존재가 의심스러웠어요. 아울러 여러분 같은 이들이 정말 있는지도 의심스러웠습니다. 그런데 여러분은 여기 이렇게 있잖아요."

캐스피언 왕자에게는 말하는 동물과 난쟁이들이 있다는 사실이 아슬란이 존재한다는 증거가 된다. 캐스피언 왕자는 비록 아슬란을 본 적도 없고 만난 적도 없지만, 그의 창조물인 이들을 보고 곧바로 아슬란의 존재를 확신하게 된 것이다. 그러나 트럼프킨과 니카브릭은 그렇지 않다. 트러플헌터가 나무의 요정 드루아스와 물의 요정 나이아스가 깊은 잠에서 깨어나 텔마르 사람들과의 전쟁에 같이 참여할 수 있다면 더 이상 바랄 것이 없겠다고 이야기하자 트럼프킨은 이렇게 말한다.

"정말 자네들 동물들이란 대단한 상상력을 가졌다니까!"
트럼프킨은 그런 것을 전혀 믿지 않았기 때문에 계속 핀잔만 늘어놓았다.
"그렇다면 나무들과 물들은 왜 꼼짝도 않는 거지? 돌멩이들이 알아서 그 늙다리 미라즈를 공격해 주면 훨씬 좋잖아?"

트럼프킨의 태도는 나무와 물이 스스로 움직이는 모습을 보면 그제야 아슬란을 믿겠다는 것이다. 그는 자신의 존재 자체가 아슬란을 증거하고 있음을 인정하지 않는다. 믿음 없는 사람들은 항상 주어진 증거들을 보지 못하고, 주어져 있지 않은 새로운 증거들을 요구하는 법이다. 그러나 다행스럽게 트럼프킨의 믿음은 아주 형편없지 않았다. 트럼프킨은 피터를 비롯한 네 아이를 만났을 때, 처음에는 무척 냉소적인 태도로 이들을 대한다. 네 아이들이 전설 속의 그들이라는 것은 알았지만, 이들이 나니아를 구원하기 위해 어떤 역할을 할 수 있을지 의심스러웠기 때문이다. 아이들이 자신들의 존재를 증명하기 위해 트럼프킨에게 결투를 신청하고, 차례차례 트럼프킨을 물리쳤을 때 마침내 그는 이렇게 고백하게 된다.

"난쟁이치고 나 같은 얼간이 난쟁이는 아마 없을 겁니다. 언짢아하지 않으시겠지요? 앞으로 폐하께 충성을 다하겠습니다……. 제 목숨을 구해 주신데다 상처까지 치료해 주시고, 아침밥도 주셨으니 뭐라고 감사를 드려야 할지 모르겠습니다. 또 제게 교훈을 주신 것도 그렇고요."
아이들은 다 괜찮다며 그 문제에 대해서는 더 이상 아무 말도 하지 말라고 했다. 피터가 말했다.
"자, 이제 당신이 우리의 존재를 믿기로 했다면……."
"이미 믿고 있습니다."

트럼프킨의 믿음은 중요하다. 그의 믿음은 단순히 네 명의 아이들이 나니아의 번성을 이끌었던 옛이야기 속의 그 왕과 왕비라고 하는 것을 받아들이는 것으로 그치지 않는다. 이 믿음은 연쇄반응을 일으킨다. 아이들이 옛이야기 속의 그들이라면 이것은 곧 나니아의 옛이야기가 거짓말이 아니라는 것을 의미하고, 옛이야기가 옳다면 이제 곧 나니아는 텔마르 사람들의 지배로부터 벗어나게 될 것이기 때문이다. 그뿐 아니라 나니아를 창조한 아슬란에 관한 이야기도 전설이 아닐 가능성이 높다. 트럼프킨이 이들을 믿는다는 것은 이런 의미를 내포하고 있다.

아슬란이 침묵하는 이유

그동안 아슬란은 무엇을 했을까? 텔마르의 통치 기간인 3백여 년 동안 아슬란은 도대체 무엇을 하고 있었을까? 니카브릭이 하는 이야기를 보면 그동안 아슬란이 자신의 존재를 증명하기 위해 무엇인가를 했던 것 같지는 않다. 아슬란은 예전처럼 친근한 태도로 나니아 백성 곁에 머무르는 것은 고사하고, 그 백성이 자신을 기억하고 믿을 수 있기 위한 최소한의 노력도 하지 않은 것으로 보인다.

트러플헌터가 날카롭게 쏘아붙였다.
"하지만 아슬란 님은 다시 살아나셨다고 했어."
니카브릭이 대꾸했다.
"맞아, 그렇게들 말하지. 하지만 그 이후에도 아슬란이 한 일에 대해서는 전혀 들어 본 적이 없어. 아슬란은 전설 속에서 갑자기 사라졌단 말야. 아슬란이 정말로 살아났다면, 자넨 그

걸 어떻게 설명하겠나? 실은 아슬란이 다시 살아나지 않았다는 설명이 더 그럴듯하지 않겠어? 더 이상 얘기할 거리가 없었기 때문일 거야."

아슬란이 왜 그랬는지 그 이유를 정확하게 알 수는 없다. 아슬란은 이에 대해 아무런 이야기도 들려주지 않는다. 그러나 분명한 것은, 아슬란은 자신의 뜻을 분명하게 보여 주면 보여 주는 대로, 침묵하면 침묵하는 대로 요구하는 것이 있다는 사실이다. 아슬란은 나니아로 돌아온 피터와 수잔, 에드먼드와 루시에게 예전과는 다른 모습으로 다가간다. 아슬란은 루시를 제외한 나머지 세 사람에게 자신의 모습을 보여 주지 않는다. 이제 세 사람은 이런 조건하에서 아슬란의 뜻을 파악하고 행동해야 한다. 이것은 아슬란이 침묵하는 동안 나니아 백성이 취해야 할 자세와 다르지 않다.

아슬란은 나니아의 말하는 동물들을 창조할 때 이들을 '자유로운' 존재로 창조했다. 이것은 이들이 아슬란에 대해 인격적으로 반응하도록 지음 받았다는 것을 의미한다. 아슬란에 대한 인격적인 반응 가운데 하나는 믿음이다. 아슬란의 모습이 보이지 않는 상황에서, 루시를 제외한 세 사람은 그저 믿음을 가지고 루시의 뒤를 따라가는 수밖에 도리가 없었다. 루시에게만 모습을 드러내는 것을 두고, 수잔은 그것을 아슬란답지 않다고 이야기한다. 물론 그럴 수 있다. 예전의 아슬란을 떠올려 본다면 이건 분명 그답지 않다.

그러나 〈캐스피언 왕자〉에서 아슬란은 이들뿐 아니라 나니아의 말하는 동물들에게도 오랫동안 자신의 모습을 직접 드러내지 않는다.
아슬란이 자신의 모습을 감추는 것은 캐스피언 왕자 시대에 그가 자
신을 드러내는 하나의 방식이다.

> "저는 아슬란 님을 다시 만나서 정말로 기뻐요. 제가 곁에 머
> 물 수 있도록 해 주실 줄 알았거든요. 아슬란 님이 무섭게 으
> 르렁거려 적들을 겁주고 쫓아내러 오신 거라 믿었어요, 꼭 예
> 전처럼요. 그런데 이제부터 진행되는 모든 일이 끔찍할 거예
> 요."
> "너한텐 힘든 일이겠지만, 세상일이란 게 똑같은 방식으로 되
> 풀이되지는 않는 법이란다."

아슬란은 예전에 제이디스 여왕과의 전투 때 그랬던 것처럼 직접
전투를 이끌거나 적의 앞에 모습을 드러내지 않는다. 아슬란은 침묵
하고 또 침묵한다. 이렇게 하면서 아슬란은 나니아 백성들에게 자유
를 따라, 믿음을 따라 스스로 판단하고 결정하고 행동하기를 요구한
다. 아슬란이 직접 그 모습을 드러내 보이지 않는 한 믿음의 문제가
개입될 수밖에 없다. 그랬기 때문에 루시에게는 다른 사람들의 눈에
보이지 않는 아슬란의 존재를 확신시키기 위해 다른 누구보다도 더
큰 믿음이 필요했던 것이다.

아슬란은 비록 자신의 모습을 드러내지는 않았지만, 항상 나니아
백성과 함께 있었다. 루시 외에 아무도 그를 볼 수 없었지만 아슬란

은 줄곧 그들 앞에서 그들의 길을 인도해 오고 있었다는 사실을 떠올려 보면 이를 이해할 수 있을 것이다. 피터와 수잔, 에드먼드의 눈에 보이지 않는다고 해서 아슬란이 없었던 것은 아니다. 보지 못했을 뿐이다. 수잔과 난쟁이가 가장 마지막에 아슬란을 보게 되는 것도 재미있다. 이들이 아슬란의 모습을 맨 마지막에 가서야 비로소 볼 수 있게 된 것은 다른 사람들보다 믿음이 부족했기 때문이다. 아슬란을 보고자 하는 열망이 적었기에 이들은 오랫동안 그의 모습을 볼 수가 없었던 것이다.

캐스피언 왕자의 유모가 가지고 있었던 것도 바로 이러한 믿음이다. 아슬란이 병들어 누워 있는 유모를 찾아갔을 때, 그녀는 비명을 지르거나 기절하지도 않고 이렇게 말한다.

> "오, 아슬란 님! 그 얘기가 다 사실일 줄 알았어요. 평생 이 순간을 기다려 왔습니다."

아슬란이 눈에 보이지 않게 활동하고, 그의 뜻이 무엇인지 분명하게 드러나지 않는 그때야말로 믿음이 가장 필요하다.

다시 한 사람이 다스리는 나라로

전쟁이 끝나고 난 후 캐스피언 왕자는 자신의 선조가 해적이었다는 사실을 전해 듣는다. 캐스피언 왕자는 이 사실을 무척 부끄러워한다. 그는 "저는 좀 더 명예로운 혈통의 후손이기를 바랐습니다"라고 이야기한다. 이런 캐스피언 왕자에게 아슬란은 이렇게 말한다.

> "캐스피언, 네가 옛 왕들처럼 아담의 아들이자 아담의 자손들
> 이 사는 세계에서 온 사람이 아니었다면 진정한 나니아의 왕
> 이 될 수 없었으리란 사실을 아느냐? 너는 아담의 아들이니
> 라." …… "너는 아담 경과 이브 부인의 후손이다. 이는 가장
> 비천한 거지의 신분이라도 고개를 꼿꼿이 세우게 할 만큼 명
> 예로운 일이며, 지상에서 가장 위대한 황제도 부끄러워 어깨
> 를 숙이게 할 만하다는 뜻이지. 그러니 자신을 가지거라."

아슬란의 이야기는 놀랍다. 아슬란은 캐스피언 왕자의 혈통이 중
요한 것이 아니라 캐스피언 왕자가 옛 왕들처럼 아담의 아들이라는
사실 자체가 중요하다고 이야기한다. 사실 따지고 보면 아슬란은 나
니아를 창조한 후 그곳을 다스릴 왕을 세울 때도 혈통을 따지지 않았
다. 〈마법사의 조카〉에 나와 있는 것처럼, 아슬란이 나니아의 첫 번
째 왕으로 세웠던 인물은 우리 세계에서 마부를 하던 사람이다. 이
하찮은 인물을 들어 왕으로 세웠던 것이다. 아마 아슬란에게 혈통이
중요했다면 마부를 왕으로 세우지는 않았을 것이다. 이런 점에서 아
슬란은 그때나 지금이나 동일하다.

아슬란은 이제 캐스피언 왕자를 나니아의 왕으로 세움으로써 다시
아담의 아들인 한 인간이 나니아를 다스리게 된다. 말하자면 아슬란
은 나니아의 옛 역사를 지금 이곳에 회복시키고 있는 것이다. 이 점

에서 나니아의 옛 역사를 기억하는 것이 중요한 이유를 다시 한 번 발견하게 된다. 나니아의 옛 역사는 앞으로 다가올 미래를 가리켜 보여 주는 일종의 나침반이다. 옛일과 앞으로의 일을 이어 주는 것은 아슬란의 신실함이다. 아슬란이 변함없는 존재라는 것, 그리고 아슬란은 믿을 만한 존재라는 사실은 예전에 그가 했던 일을 기억하면서 앞으로 그가 할 일을 믿게 하는 밑바탕이 된다.

트러플헌터가 아담의 아들이 왕이었을 때만 나니아가 정상적이었다는 사실을 상기시킨 것을 다시 한 번 떠올려 보자. 아담의 아들이 왕이었을 때만 나니아가 정상적이었던 것처럼 앞으로도 영원히 나니아는 아담의 아들이 왕일 때만 정상적일 것이다. 아슬란이 나니아를 그렇게 만들었기 때문이고, 그렇게 되도록 아슬란이 역사의 배후에서 끊임없이 힘을 행사할 것이기 때문이다.

5. 새벽출정호의 항해

아슬란의 초대, 은혜의 시작

〈새벽출정호의 항해〉는 캐스피언 왕이 아버지의 옛 신하였던 일곱 영주를 찾아 떠나는 모험을 그리고 있다. 이 일곱 영주는 미라즈 왕(캐스피언 왕의 삼촌)에게 미움을 받아 쫓겨났는데, 캐스피언이 왕위를 되찾고 나라가 안정되자 이들을 찾아 항해를 떠난 것이다. 함께 항해에 나선 생쥐 리피치프는 더 큰 포부를 갖고 있다. 갓난아이 때 나무의 요정 드루아스로부터 들은 노래대로, 이번에 동쪽 끝에 있다는 아슬란의 나라를 찾으려 한 것이다.

여기에 에드먼드와 루시, 유스터스가 동행하면서 모험이 시작된다. 항해 과정에서 이들이 겪는 모험은 매우 흥미진진하다. 이들은 노예로 팔려 갈 뻔한 위기를 겪기도 하고, 모든 것을 황금으로 만들어 버리는 호숫가에서 욕심에 이끌려 서로 싸우기도 하고, 목소리의 섬에서 괴상하게 생긴 쿵쿵이들을 만나기도 한다. 이들은 또 머릿속에 떠올리는 꿈이 현실로 나타나는 어둠의 섬에서 극심한 두려움과 공포에 사로잡히는가 하면, 수명을 다한 별이 와서 머무르는 곳에서 평화로운 시간을 보내기도 한다. 세상의 끝에 이르러서는 캐스피언왕이 나니아로 돌아가지 않겠다는 이야기를 꺼내 일행을 긴장시켰다가 아슬란에게 꾸중을 받고 마음을 돌이키는 일도 벌어진다. 그리고 마침내 리피치프는 아슬란의 나라를 향해 떠나고, 에드먼드와 루시, 유스터스는 아슬란을 만나 우리 세계로 돌아온다.

이처럼 새벽출정호의 항해는 에드먼드와 루시, 유스터스와는 전혀 상관없이 계획된 것이다. 항해를 주도한 캐스피언 왕이나 리피치프에게는 분명한 목적이 있고, 이 목적은 항해가 끝날 때까지 바뀌지 않는다. 그럼에도 불구하고 이 항해가 누구보다 각별하게 와 닿았을 사람은 유스터스다. 유스터스의 입장에서 볼 때 이 여행은 자신을 위해 계획되고 마련된 것이라 해도 전혀 과장이 아니다. 이 여행을 통해 그는 여행 전과는 전혀 다른 사람으로 거듭난다. 이 점이야말로 유스터스에게 새벽출정호의 항해가 갖는 의미일 것이다.

유스터스를 새벽출정호의 항해로 초대한 것은 다름 아닌 아슬란이다. 나니아로 오게 되는 모든 사람들에게 이야기한 대로 아슬란이 부르지 않으면 어느 누구도 나니아로 올 수 없다. 새벽출정호의 항해에 동행함으로써 유스터스를 변화시키는 것, 이것은 애초에 이 항해를 계획했던 사람들의 의지와 무관하게 아슬란이 가지고 있던 놀라운 계획의 일부다. 그러므로 유스터스에게는 새벽출정호의 항해에 동참

할 수 있도록 초대받은 것부터가 은혜다. 아슬란의 은혜는 그렇게 누군가를 부르는 것으로부터 시작된다. 이제 우리가 하게 될 이야기도 바로 이것이다.

악동 유스터스

유스터스는 아마도 나니아 연대기에 나오는 여러 인물들 중에 가장 성격이 나쁘고 고약한 아이일 것이다. 그는 남들 앞에서 으스대거나 약한 사람을 못살게 굴기 좋아해서 친구가 한 명도 없다. 그는 자기 집에 머물게 된 에드먼드와 루시를 수시로 놀려 대고, 걸핏하면 골탕을 먹이려 든다. 나니아로 들어오고 난 후의 모습은 더욱 가관이다. 물속에 빠졌다가 가까스로 배 위로 올라오게 되었을 때, 유스터스는 몸이 젖은 것 외에는 특별한 일이 없었지만 심하게 울어 대면서 소리를 지른다. 캐스피언 왕자가 포도주를 권했을 때는 다음과 같은 반응을 보인다.

> 리넬프는 큰 포도주 병에 김이 모락모락 나는 향료 포도주를 담아 은잔 네 개와 함께 가져왔다. 그것이야말로 그들이 정말 원하던 것이었다. 루시와 에드먼드는 포도주를 마시자마자 온기가 발끝까지 쫙 퍼지는 것을 느꼈다. 그러나 유스터스는 얼굴을 찡그리며 포도주를 퉤퉤 뱉어 버리더니 다시 뱃멀미를 하며 울기 시작했다. 그러더니 혹시 비타민이 첨가된 신경 안정제용 음식이 있느냐, 아니면 증류수로 만든 술은 없느냐

하고 물으며, 자기는 무작정 다음 항구에서 내리겠다고 떼를
썼다.

　게다가 유스터스는 다른 사람들이 잘해 주려 하면 할수록 난리를
피운다. 그는 뱃멀미 때문에 내내 울부짖다가 루시가 준 물약을 한
방울 삼키고 안색이 되살아나자 그때부터는 자기를 해안에 내려 달
라고 요구하기 시작하고, 항구에 도착하면 영국 영사관을 찾아가 전
부 '고소하겠다'며 으름장을 놓는다. 그리고 장난 삼아 리피치프의
꼬리를 잡고 흔들다가 온 배 안을 떠들썩하게 만들기도 한다.
　유스터스는 배를 같이 탄 모든 사람들의 골칫덩어리다. 그러나 정
작 유스터스의 가장 큰 문제점은 따로 있다. 그는 자신이 무엇을 잘
못하고 있는지, 자신이 왜 배 안에 있는 다른 모두에게 골칫덩어리로
여겨지는지 전혀 모른다는 것이다. 유스터스가 쓴 일기의 한 대목을
읽어 보는 것으로도 이러한 사실을 충분히 알 수 있다. 유스터스는
이렇게 쓰고 있다.

　　끔찍한 날이다. 한밤중에 열이 나서 물 한 잔을 꼭 마셔야 한
　　다는 사실을 알고 깨어났다. 어떤 의사라도 그렇게 말했을 것
　　이다. 내가 불공평하게 이득을 보려는 사람이 아니라는 것은
　　하늘도 다 아는 일이지만, 이 물 배급제가 환자에게까지 적용
　　되리라고는 상상도 못 했다. 사실 나는 다른 사람을 깨워서
　　물을 달라고 할 생각이었으나 밤중에 남을 깨운다는 것은 매

우 이기적인 행동 같았다. 그래서 직접 일어나 내 컵을 찾은
뒤, 캐스피언과 에드먼드를 깨우지 않으려고 발끝으로 살금
살금 걸어 우리가 잠자고 있던 검은 구멍 같은 선실 바깥으로
나갔다. 모두들 찌는 듯한 더위와 물 배급의 시작으로 잠을
제대로 자지 못했기 때문이다. 남들이 나한테 잘해 주든 못해
주든 나는 항상 남들한테 신경을 써 준다.

자신이 무엇을 잘못하고 있는지 알지 못하는 사람은 뉘우칠 수도
없고, 잘못을 고칠 수도 없다. 변화의 필요성을 느끼지 못하기 때문
에 당연히 좋아질 수 있는 가능성도 전혀 없다. 이 점에서 유스터스
는 시쳇말로 굴러먹은 아이다. 이런 사람들만큼 변화를 기대하기 힘
든 경우도 없다. 이런 사람들은 아주 철저하게 실패하거나 망가지지
않으면 좀처럼 자신의 본질을 알아차리지 못한다. 그러므로 이런 사
람들에게 이런 기회가 온다면 그것이야말로 놀라운 은혜가 아닐 수
없다. 유스터스에게 바로 이런 기회가 찾아온다. 아주 갑자기, 매우
경이로운 방식으로, 그리고 유스터스 자신의 의지와 상관없이.

유스터스, 용으로 변하다

어느 날 일행은 항해를 하던 중 심한 폭풍우에 시달린 끝에 가까스
로 어느 섬에 도착하게 된다. 모두들 지쳐 쓰러질 지경이었지만 해야
할 일이 한두 가지가 아니었기 때문에 분주한 시간들을 보낸다. 하지
만 유스터스는 시원한 곳을 찾아 낮잠이나 자다가 하루 일이 모두 끝

날 때쯤 돌아올 요량으로 혼자서 몰래 빠져 나간다. 그러다가 그는 용의 보물 동굴 속에서 잠이 들었다가 추악한 모습을 한 용으로 변하고 만다. 유스터스가 용이 되는 과정이나 용으로 변한 이유는 자세하게 알 수 없다. 책에서는 다만 "마음속에 용과 같은 생각을 품고 탐욕스럽게 용의 보물 동굴에서 잠을 자다가" 용이 되었다고만 말하고 있다. 아마도 동굴 속의 보물에 욕심을 낸 것이 용으로 변한 주요한 이유였던 것 같다.

자신이 용으로 변해 버린 것을 깨닫게 되었을 때 유스터스는 처음에는 안도감을 느낀다. 조금 전까지만 해도 용 때문에 두려움에 떨어야 했는데 이제는 용을 두려워할 필요가 없게 되었고, 캐스피언과 에드먼드에게 당한 서러움을 갚을 수도 있게 되었기 때문이다. 그러나 이런 생각은 잠시뿐이었다. 유스터스는 곧 무서운 고독에 휩싸이게 된다. 그는 자신이 인간세계에서 떨어져 나온 괴물이 아닌가 생각하게 되고, 다른 사람들이 그렇게 나쁜 사람들이 아니라는 것을 깨닫기 시작한다. 그리고 자신이 꽤 괜찮은 사람이라는 이제까지의 생각에 대해 의문을 갖기 시작한다. 그뿐이 아니다.

> 유스터스는 산속 호수 위를 날면서 자신의 모습을 비추어 볼 때마다 진저리를 쳤다. 거대한 박쥐 모양의 날개와 톱날처럼 삐죽삐죽 튀어나온 등줄기, 그리고 무시무시하게 구부러진 발톱은 그렇게 증오스러울 수가 없었다.

자신을 바라보며 진저리치는 유스터스의 모습은, 어느 날 문득 자신의 추악한 본성을 발견한 사람이 느끼게 되는 감정 상태를 잘 보여준다. 비록 현실에서는 일어날 수 없는 이야기이기는 하지만, 이러한 감정이 현실에서보다 훨씬 더 사실적으로 표현되어 있다고 해도 과언이 아니다. 지금 유스터스는 자신이 용 '처럼' 추악한 존재라고 '느끼고' 있는 것이 아니다. 그는 정말로 용이 되어 버린 것이다. 그래서 자신의 모습이 얼마나 추악한지 느낌이 아니라 실제로 알 수 있게 된다. 자신을 죄인이라고 고백할 때의 그 고백은 실제로 자신이 죄인 '이라는' 사실을 발견하는 데서 나온 것이다. 그것은 마지못해 스스로를 죄인이라고 느끼거나 비유적인 의미로 스스로를 죄인이라고 고백하는 것이 아니라, 실상 그대로 자신이 죄의 덩어리임을 인정하는 것이다.

"갑판 한쪽에 쭉 앉아 있게 하면 안 될까? 그렇게 하면 배의 균형을 맞추기 위해 거기 있던 물건들을 죄다 배 아래 반대쪽으로 옮겨야겠지."
"밧줄로 묶어서 끌고 가는 건 어떨까?"
"날아서 우리와 나란히 갈 수는 없을까?"
"그런데 도대체 먹이는 어떻게 주지?"

이것은 출항 준비가 끝나고 섬을 떠나게 되었을 때, 유스터스를 어떻게 데려갈 것인지를 두고 고민하면서 사람들이 나눈 이야기다. 유스터스는 이 이야기를 들으면서, 자신이 사람들에게 얼마나 귀찮은 존재인지 뚜렷하게 인식하게 된다. 전에는 자신이 귀찮은 존재였다고 하더라도 그저 모르는 척하면 그만이었지만, 이제는 그 사실을 부정하려고 해도 부정할 수 없는 상황이 되었다. 유스터스의 그 큰 덩치를 감당하는 것 자체가 사람들에게는 무척이나 성가시고 힘겨운 일이 되었고, 그 역시 이 사실만큼은 부인할 수 없게 된 것이다. 그뿐 아니라 유스터스는 배에 온 첫날부터 자신이 얼마나 귀찮은 존재였는지 생각하게 된다. 죄인이라는 깨달음은 이렇게 현재의 자신에 대한 인식으로부터 과거에 대한 인식으로까지 나아간다. 예전에 보지 못했던 것이 새롭게 보이기 시작하는 것이다.

용으로 변한 유스터스는 전과는 전혀 다른 태도로 사람들을 대한다. 무엇보다도 그는 남을 도우려고 기를 쓴다. 유스터스는 섬 전체를 날아다니면서 야생 염소며 멧돼지를 잡아 오고, 돛대를 만들 수 있는 나무들을 뽑아 오고, 억수 같은 비가 쏟아져 날씨가 쌀쌀해질 때면 따뜻한 옆구리로 일행의 몸을 녹여 주고 젖은 옷을 말려 준다. 남을 돕기는커녕 분담해야 할 자신의 몫까지 외면하던 예전의 유스터스를 생각해 볼 때 이것은 매우 놀라운 변화다. 이 변화는 자신이 죄인임을, 누구도 가까이하기 싫을 만큼 추악한 존재임을 깨달은 데서 온 것이다. 이런 깨달음을 얻은 사람들은 다른 사람을 대할 때 겸손을 가장해서 행동하는 것이 아니라 참으로 겸손하게 행동한다. 자신에 대해 이미 절망했기 때문에 자신에게 무엇인가를 기대할 수 없고, 자신이 다른 사람보다 낫다고 생각할 수 없기 때문에 그렇게 행동할 수밖에 없다. 이러한 사람이야말로 마음이 가난한 사람이다. 구원은 바로 이들을 위해 열려 있다.

유스터스, 새 옷을 입다

섬에 머문 지 엿새째 되던 날 아침, 유스터스는 변화된 모습으로 에드먼드 앞에 나타난다. 다시 사람이 된 것이다. 유스터스는 아슬란을 만났던 일이며, 그가 자신을 감싸고 있던 용의 껍질을 벗겨 주던 일을 들려준다.

유스터스가 아슬란을 만나 다시 사람으로 돌아오는 과정은 사람의 본성이 바뀌게 되는 과정을 상징적으로 보여 준다. 유스터스를 찾아온 아슬란이 그에게 제일 먼저 요구한 것은 옷을 벗으라는 것이었다. 처음에 유스터스는 옷을 입고 있지 않아서 벗을 수가 없다고 말하려 하다가 뱀이 허물을 벗는 것처럼 용도 그럴 수 있다는 생각을 하게 된다. 그리고 마침내 아슬란의 말에 따라 옷을, 자신의 몸을 감싸고 있는 추악하고 더러운 용의 껍질을 벗는다.

"그래서 내 살을 벗기기 시작하니까 온몸에서 비늘이 떨어져 나가는 거야. 조금 세게 벗겼더니 비늘뿐만 아니라 피부까지 술술 벗겨지는 게 마치 병을 앓고 났을 때 같기도 하고, 내가 바나나라도 된 것 같기도 했어. 난 1, 2분 만에 용 껍질에서 싹 벗어났고, 내 옆에 껍질이 징그럽게 널브러져 있는 걸 볼 수 있었어. 아, 세상에, 그때의 기분이란! 그래서 나는 목욕을 하려고 우물로 내려가기 시작했지.”

유스터스는 계속해서 용의 껍질을 벗겨 내고 목욕을 한다. 그러나 약간의 변화는 있지만 세 번씩이나 껍질을 벗겨 내고 물에 몸을 씻어 보아도 큰 변화가 없다. “그래서 먼저와 마찬가지로 세 번째 껍질을 벗겨 낸 뒤 거기서 다시 걸어 나왔어. 그런데 물에 나를 비춰 본 순간, 그것 역시 아무 소용도 없다는 걸 알게 되었지.” 변화에 대한 소망은 있지만 진정한 변화를 이끌어 낼 수는 없는 것, 이것이 바로 유스터스의 한계다. 유스터스의 노력은 약간의 변화를 이끌어 낼 수는 있었지만 진정으로 자신을 변화시키지는 못했다.

바로 이 지점에서 아슬란이 개입한다. “네 옷은 내가 벗겨야 한다.” 이것이 바로 아슬란의 말이다.

“아무튼 사자 발톱이 너무 무서웠지만 그때는 거의 포기해 버린 상태나 다름없었지. 그래서 그냥 등을 바닥에 대고 가만히 누워 사자가 마음대로 하게 내버려두었어. 맨 처음에는 발톱이 어찌나 깊이 파고들던지, 난 발톱이 심장까지 파고드는 줄 알았다니까. 그때부터 사자가 껍질을 벗기기 시작하는데, 정말이지 태어나서 그렇게 아파 보긴 처음이었어. 참고 견딜 수 있었던 건 순전히 그걸 벗겨 낸다는 기쁨 때문이었어. 너도 알 거야, 한 번이라도 상처의 딱지를 떼어 봤다면. 굉장히 아프긴 하지만 벗겨지는 걸 보는 건 재미있잖아.”

추악하고 더러운 용의 껍질을 벗는 일은 껍질을 벗고자 하는 소망에서 출발한다. 그리고 이 소망은 자신의 추악한 모습을 깨달은 자만이 가질 수 있다. 이 깨달음의 깊이와 소망의 절실함이 변화의 중요한 원동력이다. 유스터스가 절망의 끝에 이르러서야 비로소 아슬란이 움직이기 시작하는 것도 이와 관련이 있다. 아슬란이 껍질을 벗겨 낼 때 유스터스는 매우 고통스러워한다. 자기 손으로 껍질을 벗겨 낼 때 그저 재미있기만 하던 것과는 대조적이다. 변화는 고통을 요구한다. 그리고 고통을 견딜 수 있는 힘은 바로 깨달음의 깊이와 소망의 절실함에 있다. 이것이 없다면 고통을 견딜 수 없다.

"그렇게 해서 사자는 그 징그러운 껍질을 단번에 벗겨 냈어. 내가 세 번씩이나 껍질을 벗겨 냈던 것처럼 말이야. 다만 내가 할 때는 그렇게 아프지 않았지. 그리고 풀 위에는 전보다 더 짙고, 더 검고, 다른 껍질들보다 더 울퉁불퉁한 껍질이 널려 있었어. 나는 마치 껍질을 벗긴 나뭇가지처럼 매끄럽고 부드러우면서도 전보다 더 작아져 있었어. 그 다음엔 사자가 날 붙잡아서 물에 집어넣었는데, 그게 난 싫었어. 이제 더 이상 껍질이 없었기 때문에 살이 연약해져 있었던 거야. 온몸이 쿡쿡 쑤셨지만 그것도 한순간이었어. 그 다음에는 진짜 기분이 좋아졌거든."

아슬란은 유스터스의 몸에서 그 징그러운 껍질을 '단번에' 벗겨 낸다. 유스터스가 반복해서 자신의 몸을 벗겨 내고 씻어야 하던 것과 달리 아슬란은 '단번에' 그 껍질을 벗겨 낸다. 유스터스가 아무리 껍질을 벗기고 몸을 씻어도 그렇게 큰 변화가 없었던 것과 달리 아슬란이 강한 발톱으로, 심장까지 파고들 만큼 깊숙이 파헤쳐 벗겨 내었을 때 그 껍질은 영구히 떨어지고, 유스터스의 몸은 완전히 달라진다.

마지막으로 아슬란은 유스터스에게 새 옷을 입혀 준다. 유스터스는 아슬란이 입혀 주는 새 옷을 입음으로써 다시 사람으로 돌아온다. '새' 사람이 된 것이다. 물론 유스터스가 새 옷을 입었기 때문에 새사람이 되었다고 말하는 것은 아니다. 유스터스가 새 옷을 입은 것은 다만 상징적인 의미를 지닐 뿐이다. 그것은 마치 수감생활을 하고 있던 죄인이 형기를 마치고 바깥세상으로 나가게 될 때 새 옷으로 갈아입는 것과 같다. 새 옷으로 갈아입는 것은 그가 이제 죗값을 치렀다는 것, 그래서 과거에 지었던 죄로부터 해방되었다는 것을 의미한다. 유스터스 역시 마찬가지다. 그는 이제 아슬란이 입혀 주는 새 옷과 더불어 새로운 존재로 거듭나게 된 것이다.

쿵쿵이들의 착각

새벽출정호의 항해 중에 우리는 유스터스의 경우와 정반대되는 사람들을 만나게 된다. 그들은 바로 쿵쿵이들이다. 가망성이 없기로 따지자면 쿵쿵이들 역시 유스터스에 못지않다. 쿵쿵이들은 설거지하는 것이 귀찮아 식사 전에 접시와 칼을 씻고, 감자를 캐서 삶는 시간이 아까워 삶은 감자를 땅에 심는다. 또 고양이가 젖소 우리에 들어가자 고양이를 옮길 생각은 하지 못하고 우유를 옮긴다고 부산을 떤다. 마법사가 아무리 타이르고 호통을 쳐도 이들은 어떤 것이 현명한 행동인지 판단하지 못한다. 이들은 그저 하기 싫은 일을 억지로 시킨다고만 생각하고, 종내에는 뭐든지 다 안 하겠다고 떼를 쓴다. 쿵쿵이들역시 자신들이 무엇을 잘못하고 있는지 전혀 알지 못한다. 쿵쿵이들은 이렇게 말한다.

"저, 긴 이야기를 좀 줄여서 하자면, 내가 말한 그 마법사가우리한테 하기 싫은 일을 시켰소. 왜 하기 싫었느냐고? 하고싶지 않았으니까. 그래서 그 마법사의 화를 돋우게 되었지.마법사는 섬의 주인이었고, 누가 자기 명령을 따르지 않는 데익숙하지 않았거든. 마법사는 머리끝까지 화가 났지, 알겠소?그런데 보자, 어디까지 이야기를 했나? 아, 그래, 그 마법사는그때 위층으로 올라가서 우리에게 주문을 걸었소. 추악한 꼴로 만들어 버리는 주문을 말이오. 당신네들이 지금 우리를 본다면 우리가 추악하게 변하기 전의 모습을 도저히 믿지 못할걸. 모르긴 몰라도 눈에 보이지 않는 걸 행운으로 생각해야할 거요, 정말로. 결국 우리는 모두 추하게 변해서 서로 쳐다보지도 못할 지경이 되었지."

그러나 실상은 이렇다. 이들을 다스리던 마법사는 이렇게 말한다.

"그들의 모습이 예전에 보기 좋았다고 하는 건 단지 그들 자신의 생각일 뿐이다. 그 친구들은 자기들이 주문 때문에 흉측해졌다고 하지만, 난 그렇게 생각하지 않는다. 많은 사람들이 그 친구들의 변화를 보면 한결 좋아졌다고 할걸."

유스터스가 자신이 얼마나 다른 사람들에게 귀찮은 존재인지 몰랐던 것처럼 쿵쿵이들 역시 자신들이 얼마나 어리석은지 깨닫지 못한다. 유스터스가 용으로 변하게 되었던 것과 비슷하게 이들은 외다리가 된다. 마법사가 자신의 말을 듣지 않는 이들을 외다리로 만든 것이다. 그러나 이들은 유스터스가 용으로 변했을 때 그랬던 것 같은 반응을 보이지 않는다.

유스터스는 용으로 변해 버린 자신의 추악한 모습을 실상 그대로 보았다. 그는 자신이 얼마나 추한지 보면서 예전에 자신이 얼마나 추했는지를 깨닫는다. 반면 쿵쿵이들은 외다리로 변해 버린 자신들의 모습을 추하다고 말하지만, 이들은 잘못을 깨닫거나 뉘우치는 대신 자신들의 모습을 감추려고만 한다. 마치 때 묻고 더러운 몸을 물로 씻어 깨끗하게 하려 하기보다는 옷으로 대충 가려 보이지 않게 하려는 듯이 말이다.

이제 이들은 사건이 다음과 같이 진행되었다고 생각한다.

'우리가 투명하게 되는 마술을 걸게 된 것은 마법사가 저주를 걸어 우리를 추하게 만들었기 때문이다. 오죽하면 우리가 모습이 보이지 않도록 스스로 주문을 걸었을까? 마법사가 우리를 외다리로 만든 것은 우리가 그의 말을 듣지 않았기 때문이다. 마법사는 독재자다. 우리는 다만 우리가 하고 싶지 않았기 때문에 하지 않은 것뿐이다. 우리에게는 그것을 선택할 자유가 있다.'

쿵쿵이들은 마침내 외다리로 변하기 전 자신들의 모습이 매우 훌륭했다고 생각하는 데까지 이르게 된다. 이 역시 자신이 다른 사람들에게 얼마나 골칫거리였는지 깨닫게 된 유스터스의 경우와는 매우 대조적이다. 사실 마법사가 이야기하고 있듯이 이들의 처음 모습은 그다지 훌륭하지 않았다. 특히 외형적인 모습이 아니라 행동거지와 관련된 이야기라면 더욱 그렇다. 그렇기 때문에 이들은 다만 눈에 보이게 된 것으로만 만족하고, 본래의 모습으로 되돌아가는 것, 나아가 더 나은 모습으로 변하는 것에 대한 소망을 가질 수 없었던 것이다.

유스터스는 그 후 어떻게 되었을까

새사람이 된 유스터스는 그 후 어떻게 되었을까? 우리는 흔히 사람이 한번 바뀌고 나면, 그때부터는 모든 것이 달라질 것이라고 생각한다. 그러나 이것은 심각한 오해다. 유스터스 역시 그렇다. 유스터스는 가끔씩이기는 하지만 예전 모습대로 사람들을 못살게 굴기도 하고 습관적으로 심술궂은 말투를 쓰기도 한다. 사람이 바뀐다는 것은 그리 쉬운 일이 아니다. 그러나 유스터스는 확실히 변했고, 됨됨이가 나아지고 있었다. 이것이 중요하다.

맨 마지막에 루이스는 우리 세계의 모든 사람들이 유스터스가 얼마나 좋아졌는지를 이야기하면서 "야아, 그 애 몰라보게 변했어. 진

짜 유스터스 맞아?" 하는 말들을 꺼내기 시작했다는 사실을 덧붙인
다. 다음 이야기인 〈은의자〉에서 유스터스는 새벽출정호의 항해에
동참하기 이전 자신의 모습을 떠올리며 이렇게 말하기도 한다. "지난
학기는 좀 잊어 줘, 제발. 그때 난 아주 다른 놈이었어. 난…… 어휴!
그냥, 벌레 같은 놈이었어." 유스터스가 달라졌다는 것은 그와 그다
지 친하지 않은 질도 인정하고 있다. 질은 이렇게 말한다. "나뿐 아
니라 다들 그렇게(유스터스가 달라졌다고) 말해."

중요한 것은 과거의 나쁜 모습이 계속해서 드러난다는 것이 아니
라 지금 현재의 모습이 계속해서 변해 가고 있다는 것이다. 한번 시
작된 변화는 멈추지 않는다. 이것이 바로 아슬란을 만난 사람들의 특
징이다. 유스터스는 나중에 자신을 변화시켰던 아슬란에게로 질을
인도한다. 아슬란이 자신을 초대한 것처럼 이제 그 자신이 질을 초대
한 것이다. 〈은의자〉에서 펼쳐지는 모험은 바로 이렇게 해서 시작된
다.

6. 은의자

아슬란이 질을 부르다

"내가 너희를 이리로 불렀다." 아슬란이 이렇게 이야기할 때 질은 매우 당황스러워한다. 질은 누군가가 자신을 불렀다고는 생각하지 않았다. 질은 유스터스로부터 나니아에 대한 이야기를 듣고 그곳에 가 보고 싶다는 생각이 들었고, 어떻게 하면 나니아로 갈 수 있는지 잘 몰랐지만 아무튼 아슬란의 이름을 부르며 나니아로 가게 해 달라고 주문 비슷한 걸 외워서 오게 된 것이라고만 생각했던 것이다. 그래서 아슬란이 유스터스와 더불어 해야 할 임무에 대해 알려 줄 때 질은 당연히 이렇게 이야기한다.

"제 생각에는 저, 오해가 좀 있는 게 아닐까요? 왜냐하면 아무도 저와 유스터스 스크러브를 부르지 않았거든요. 저희 스스로 이곳에 오고 싶어 했지요. 유스터스 스크러브가 누군가를, 제가 모르는 이름이었는데 어쨌든 그분을 부르면 그분이 우리를 들여보내 줄지도 모른다고 했어요. 그래서 그렇게 하고 나니까 정말 문이 열려 있지 뭐예요."

나니아 시리즈의 다른 이야기들에 나오는 주인공들도 대개 질과 같은 반응을 보인다. 이들은 아주 우연히 나니아에 오게 되었다고 생각한다. 그러나 그때마다 아슬란은 자신이 불렀기 때문에 이들이 나니아에 오게 된 것이라고 이야기한다. 질 역시 마찬가지다. 아슬란은 질에게 이렇게 이야기한다. "내가 너희를 부르지 않았다면, 너희도 나를 부르지 않았을 거다." 곧이어 아슬란은 질을 부른 목적, 다르게 이야기하면 질이 나니아에서 해야 할 임무에 대해 알려 준다. 그것은 나니아의 잃어버린 왕자를 찾아 왕에게 데려다 주는 것이었다.

질로서는 이 임무가 난감하기 그지없다. 처음으로 와 본 이곳 세계에서, 한 번도 본 적이 없는 잃어버린 왕자를 어떻게 찾는다는 말인가. 이에 아슬란은 질에게 여행길을 인도해 줄 네 가지 표시를 알려 준다.

"첫째, 유스터스는 나니아에 들어서자마자 오랜 친구를 만날 것이고 그러는 즉시 그 친구에게 인사를 해야 한다. 그러면 너희는 둘 다 큰 도움을 받을 것이다. 둘째, 너는 나니아에서 벗어나 고대 거인들이 살던 폐허의 도시에 닿을 때까지 북쪽으로 계속 여행을 해야 한다. 셋째, 너는 그 폐허의 도시에서 돌에 새겨진 글을 발견하게 될 것이다. 그러면 그 글이 시키는 대로 해야 한다. 넷째, (혹시 왕자를 찾게 되면) 다음과 같은 사실로 그가 잃어버린 왕자임을 확인할 수 있을 것이다. 왕자는 너희들이 여행하는 동안 처음으로 나의 이름, 아슬란의 이름으로 무언가를 부탁하는 사람이니라."

아슬란이 질에게 알려 준 네 가지 표시는 말하자면 지도와도 같다. 한 번도 가 본 적이 없는 낯선 곳을 찾아갈 때 지도만큼 필요하고 도움이 되는 것도 없다. 아슬란은 바로 이 지도를 질에게 준 것이다. 그러나 이것은 우리 주위에서 흔히 볼 수 있는 지도처럼 그렇게 뚜렷하고 확실하지 않다. 이 표시들은 직접 마주쳐야만 그것이 표시였음이 드러나게 되어 있다. 다시 말해 이것들은 직접 마주치기 전까지는 그것이 표시인지 아닌지조차 드러나지 않는 암호와도 같은 것이다. 바로 이 점이 문제다. 이로 인해 아슬란은 질에게, 다음과 같은 주의사항을 덧붙인다.

"인간의 아이야, 우선 표시들을 기억하고, 기억하고, 또 기억해야 함을 잊지 말아라. 아침에 눈을 떴을 때, 밤에 자기 전에, 그리고 한밤중에 자다 깨었을 때에도 늘 기억해야 하느니라. 그리고 어떤 이상한 일이 일어나더라도 표시를 따라가기로 한 너의 마음을 굽혀서는 안 되느니라. 너에게 두 번째로 주의할 점을 알려 주겠다. 여기 산 위에서는 네 가지 표시를 너한테 명확하게 일러 주지만 저 아래 나니아에서는 그런 일은 별로 없을 것이다. 여기 산 위에서는 공기도 맑고 네 마음도 맑다만, 나니아로 내려가면서 공기가 점점 탁해질 것이다. 그것 때문에 네 마음이 혼란스러워지지 않도록 각별히 주의하여라. 그리고 막상 그곳에서 여기서 배운 표시들과 맞닥뜨리게 돼도 네가 상상했던 것과는 딴판으로 보일 게다. 그러므로 그것들을 마음으로 느끼는 것이 중요하다. 절대 겉모습에 신경 쓰지 말아라. 표시들을 기억하고, 표시들을 믿어야 하느니라. 다른 것들은 중요하지 않다."

아슬란은 네 가지 기억해야 할 사실들에 대해 알려 준 후 그것을 반복해서 외우게 한다. 처음에 이 일은 매우 쉬워 보인다. 그러나 그것이 결코 쉬운 일이 아니라는 것이 곧 드러난다. 이제 질의 여정을 따라가 보기로 하자.

첫 번째 표시를 놓치다

질은 아슬란이 말한 첫 번째 표시를 분명히 기억하고 있었다. 그러나 타이밍을 놓치고 만다. 유스터스를 발견했을 때 질의 머릿속에 가장 먼저 떠오른 생각은 그가 대단히 더럽고 지저분할 뿐 아니라 전반적으로 볼품없어 보인다는 것이었다. 그리고 두 번째는 '어쩜, 내가 언제 이렇게 흠뻑 젖었지?' 하는 것이었다. 질은 유스터스를 발견하자마자 무엇보다도 아슬란의 이 네 가지 표시에 대해 이야기해야 했지만 그러지를 못한다. 질에게는 다른 생각이, 그것도 별 쓸데없는 생각이 먼저 떠올랐던 것이다.

게다가 질은 입이 벌어질 만한 상황들과 접하면서 이 생각을 아예 잊어버린다. 그 상황이란 이렇다. 배가 떠날 채비를 서두르자, 왕인 듯이 보이는 노인 한 사람이 배에 오른다. 잠시 후 그는 신하들에게 연설을 하는데, 주위에 파우누스, 사티로스, 켄타우루스, 말하는 동물들이 있는 것이 아닌가. 이것은 놀라운 광경이었다. 책 속에만 있다고 생각한 것들이 전부 사실이었던 것이다.

그러다가 어느 순간 질은 아슬란과 그 표시들을 떠올리게 된다. 유스터스를 발견하고 나서 30분이 지난 다음이었다. 그제야 질은 유스터스의 팔을 잡아채며 묻는다. "유스터스 스크러브, 빨리! 아는 사람이 한 사람이라도 보여?" 사실 유스터스의 입장에서 보자면 이건 정말로 생뚱맞은 이야기다. 자신을 절벽에서 떨어지게 만든 주제에 갑자기 나타나서는 사과 한마디 없이 대뜸 아는 사람이 보이냐고 묻다니 말이다. 질이 아슬란에 관해 이야기하자 그제야 유스터스는 관심을 보이기 시작한다. 그러나 때는 이미 늦었다.

유스터스가 만나게 될 오랜 친구는 캐스피언 왕이다. 유스터스는 조금 전의 그 왕이 캐스피언이라는 사실을 배가 떠나고 나서야 비로소 알게 된다. 질이 아슬란의 첫 번째 표시를 놓칠 수밖에 없었던 것은 유스터스가 만나게 될 오랜 친구가 캐스피언 왕처럼 늙은 사람이라고는 생각지 못했기 때문이기도 하다. 사실 이것은 유스터스조차

예상하지 못한 일이었다. 나니아의 시간과 영국의 시간은 전혀 다른 방식으로 흐른다. 그렇기 때문에 나니아에서 수십 년을 보내고 돌아와도 영국에서는 조금도 시간이 흐르지 않을 수 있고, 영국에서 머문 몇 년의 시간이 나니아에서는 수십 년의 시간이 될 수도 있다. 유스터스는 이 사실을, 캐스피언 왕이 늙어 있다는 것을 알고 난 이후에야 비로소 기억하게 된다. 이렇게 해서 첫 번째 표시는 쓸모없게 되어 버린다.

두 번째와 세 번째 표시를 지나치다

이후 상황은 좀 더 어려워진다. 질 일행은 퍼들글럼이라는 마슈위글을 새로운 동행자로 맞이한 가운데 아슬란의 두 번째 명령을 이행하기 위해 북쪽으로 여행을 하게 된다. 이 여행은 이들을 매우 힘들고 피곤하게 한다. 무엇보다도 참기 어려운 것은 추위와 배고픔이었다. 이를 무릅쓴 채로 아슬란의 명령을 기억하고 있기란 쉬운 일이 아니었다. 이때 이들은 초록색 옷을 입은 여인을 만나게 된다. 여인은 이들에게 귀가 솔깃할 만한 이야기를 해 준다.

> "이 길로 쭉 가면 하팡 시와 성이 나오는데, 그곳에는 점잖은 거인들이 살고 있지. 그 거인들은 에틴스무어의 어리석고 난폭하고 야만적이고 짐승 같은 거인들과는 달리, 온순하고 점잖고 자상하고 공손하단다. 그리고 하팡에서 너희들이 폐허의 도시의 소식을 들을 수 있을지 어떨지는 모르지만 확실한

건 훌륭한 잠자리와 인정 많은 집주인들은 만날 수 있다는 사
실이야. 거기서 겨울을 보내는 것이, 그게 안 된다면 며칠만
이라도 쉬어 가는 편이 현명할 거야."

질은 폐허의 도시로 가야 한다는 이야기를 듣고, 또 그 도시가 거
인들이 살던 곳이라는 이야기를 처음 들었을 때 겁을 잔뜩 집어먹는
다. 심지어 "질은 책에 나오는 거인들에게 호감을 가져 본 적이 없었
고, 언젠가 거인이 나오는 악몽을 꾼 적도 있었다." 그런데 여인의 이
야기를 듣고 난 후 거인들에 대한 질의 태도는 완전히 바뀐다. 질은
거인이 점잖다는 마녀의 이야기만을 주목한다. 거인들에 대해 갖고
있었던 선입견은 싹 사라진다. 그뿐 아니라 질의 머릿속에는 거인들
이 '점잖다'는 마녀의 말이 아슬란이 항상 기억하라고 당부했던 표
시들을 대신하는 새로운 표시가 된다. 하팡 성으로 가는 것은 당연한
일이고, 그 이유는 거인들이 점잖은 사람들이고, 자신들을 따뜻하게
맞이할 것이기 때문이라는 새로운 논리가 생겨난 것이다.

하나가 더 있다. 이 여인은 매우 영리하게도 하팡에 너무 늦게 도
착하지 않도록 주의하라고 덧붙인다. 거인들은 정오에서 몇 시간만
지나면 성문을 닫아 버리는데, 일단 문을 닫으면 아무리 두드려도 문
을 열어 주지 않는다는 것이다. 아슬란의 표시는 '때'와도 결부된
다. 이 표시를 항상 기억하고 있다가 적시에, 적소에서 그것이 표시
임을 알아차려야 한다. 그러나 이제 '적시'와 결부되는 것은 여인의
이 말이 된다. 아슬란의 표시가 언제 눈앞에 나타나게 될 것인가 하

는 문제는 이제 질의 머릿속에서 말끔히 지워져 버린다. 대신 질의 머릿속에는 늦지 않도록 빨리 가야 한다는 생각만이 자리 잡는다.

이 상황에서 오직 퍼들글럼만이 아슬란이 기억하도록 한 표시들이 거인들의 '점잖음'과 무슨 상관이 있는지 묻는다. 퍼들글럼은 아슬란의 표시가 중요한 것이지 거인들의 '점잖음'이라는 표시가 중요한 것이 아니기 때문에 하팡 성으로 가는 것이 옳은지 따져 보아야 한다고 말한다. 그러나 질에게는 거인들의 '점잖음'이라는 표시와 '적시'의 문제가 이미 아슬란의 표시를 대신한 후다. 당연히 질은 이렇게 이야기한다. "아, 그만 해요, 꾸물거릴 시간이 없어요. 아저씬 그 여인이 거인들은 일찍 문을 잠근다고 한 말이 기억 안 나요? 늦지 않게 가야 돼요. 반드시, 반드시 가야 해요."

결국 이 '빨리'가 문제가 된다. 첫 번째 표시를 놓친 것이 지나치게 꾸물댔기 때문이라면, 이제 지나치게 서두르다가 표시를 놓치게 되기 때문이다. 아슬란이 말한 두 번째 표시는 폐허의 도시가 나올 때까지 북쪽으로 가라는 것이었고, 세 번째 표시는 폐허의 도시에서 돌에 새겨진 글을 발견하게 되면 그 글이 시키는 대로 하라는 것이었다. 그러나 일행은 폐허의 도시를 지나쳐 하팡 성으로 향하고, 글을 발견했음에도 불구하고 이를 놓치고 만다. 세 번째 표시의 경우, 돌에 새겨진 글씨가 무지막지하게 컸기 때문에 그것이 글씨라는 사실을 알아차리기 어려웠던 점도 이유 가운데 하나다. 그러나 그보다는 앞뒤 재지 않고 하팡 성으로 급히 가려던 조급함이 글씨를 보지 못하게 된 더 정확한 이유다. 글씨가 새겨진 곳을 지나면서 퍼들글럼이 아슬란의 표시에 대해 물었을 때 질은 이렇게 대답한다.

> "맙소사! 망할 놈의 표시 같으니. 누가 아슬란 님의 이름을 언급하는 거였는데. 하지만 난 여기서 그걸 다시 외울 생각은 조금도 없어요."

질은 순서를 잘못 알고 있다. 퍼들글럼이 순서가 뒤바뀐 것이 아니냐고 묻지만 질은 기억을 떠올려 보려고도 하지 않는다. 그의 관심이 온통 어서 빨리 하팡 성으로 가서 안온한 휴식을 취하는 데 있었기 때문이다.

마침내 실수를 깨닫다

하팡 성에서 일행은 자신들이 아슬란의 두 번째 표시와 세 번째 표시를 지나쳐 왔음을 알게 된다. 성에서 보니 돌 위에 '내 아래'라고 새겨진 글씨가 보였던 것이다. 이제 일행이 해야 할 일은 글씨가 새겨진 돌이 있는 곳으로 돌아가는 것이었다. 물론 이것은 쉬운 일이 아니다. 하팡 성을 빠져나가기 위해서는 거인들의 눈을 피해야 하고, 또 어마어마하게 큰 문을 열어야 하기 때문이다. 그리고 나중에 알게 된 사실이지만, 거인들은 '점잖은' 사람들이 아니었다. 우여곡절 끝에 가까스로 하팡 성을 탈출하고, 돌 위의 글씨가 지시하는 대로 그 아래로 내려가지만 그곳에는 새로운 위험이 도사리고 있다.

일행이 이르게 된 곳은 지하나라였다. 그곳에서 일행은 지하인들

을 만났고, 그들은 일행을 이끌어 돌투성이 내리막길을 따라 내려간
후 다시 어둡고 침침한 땅 속을 계속해서 들어간다. 갈수록 동굴은
더 낮고 좁아졌고, 마침내 질은 헐떡거리며 외친다. "난 저기 못 들
어가요. 못해! 못해! 안 해!" 그러자 퍼들글럼은 이렇게 이야기한다.

> "자, 용기를 잃으면 안 돼, 질. 네가 한 가지 기억해야 할 게
> 있다. 우린 다시 맞는 길로 들어온 거야. 폐허의 도시 아래로
> 가야 한다고 했는데, 지금 그 아래에 있잖니? 우린 다시 표시
> 대로 따라가는 거야."

퍼들글럼은 아슬란의 표시와 관련하여 예리한 통찰력을 보여 준
다. 퍼들글럼이 자신들은 아슬란의 표시대로 온 것인 만큼 겉으로 드
러나는 어려움과는 상관없이 일이 제대로 되어 가고 있다고 이야기
한다. 이것은 대단한 믿음이다. 퍼들글럼의 말처럼 중요한 것은 지금
이들이 처한 상황이 긍정적이냐 부정적이냐 하는 것이 아니다. 중요
한 것은 이들이 지금 아슬란이 보여 준 표시를 기억하고 따르고 있는
가 아닌가 하는 것이다. 만약 그렇다고 확신할 수 있다면 지금 현재
의 어려움은 문제될 것이 없다. 그것은 하나의 과정으로 주어져 있는
것일 뿐 일의 종국이 아니기 때문이다.

퍼들글럼의 확신은 '내 아래'라는 표시에 관한 흑기사의 이야기
를 듣고 난 후에도 조금도 사라지지 않는다. 흑기사는 이렇게 말한
다.

"너희는 속은 거다. 그 말은 너희 목적하곤 아무 상관도 없어. 너희가 나의 여인에게 묻기만 했던들 훨씬 좋은 조언을 해 주었을 텐데. 그 말은 고대 시구에 있던 긴 문장 중에서 유일하게 남은 단어들이다. 나의 여인께선 아주 잘 기억하고 계시지. '내 비록 지금은 왕좌를 잃고 땅 아래 있으나, 내 사는 동안에는 온 땅이 내 아래 있었노라.' 이걸 들어 보면, 고대 거인들의 한 위대한 왕이 그 자리에 묻히면서 제 자랑을 자기 무덤의 돌 위에 새겨 놓도록 한 게 분명해. 그러나 돌의 일부가 깨지고, 다른 일부는 새 건물 때문에 옮겨지고, 또 자갈로 갈라진 틈을 메우고 하다 보니 현재 읽을 수 있는 글씨라곤 두 단어만 남은 거다. 그 글이 너희를 위해 새겨진 거라고 믿었다니, 이보다 더 기발한 농담이 또 있을까?"

아마도 흑기사의 말이 거짓은 아닐 것이다. 원래 돌 위에 새겨져 있던 글의 내용이 실제로 그랬을 개연성은 아주 높다. 그러나 중요한 것은 원래의 내용이 어떠했느냐 하는 것이 아니라, 지금까지 남아 있는 그 글자들이 아슬란이 지시한 표시로서 사용되고 있다는 사실이다. 흑기사의 말이 사실이라는 것과 '내 아래'라는 글자가 아슬란이 지시한 표시가 아니라는 사실은 전혀 별개의 것이다. 퍼들글럼은 이 사실을 잘 알고 있었다. 그래서 그는 이렇게 이야기할 수 있었던 것이다.

"걱정 마, 사고가 아니야. 우리의 안내자는 아슬란 님이야. 아슬란 님은 거인 왕이 그 글을 새기게 할 때 그 자리에 계셨고, 그 뒤로 무슨 일이 일어날지 이미 알고 계셨을 거야. 지금 이 일까지 모두 말야."

죽음을 각오하고 네 번째 표시를 따르다

이제 일행에게는 네 번째 표시만이 남아 있다. 지난 세 번의 표시들을 '적시에' 발견하지 못했기 때문에 이들은 매우 긴장한 상태다. 네 번째 표시마저 지나쳐 버릴 수는 없었기 때문이다. 흑기사의 요구를 들어줄 것인가 말 것인가 하는 문제에 봉착하게 되었을 때 이들은 마침내 마지막 네 번째 표시와 맞닥뜨리게 된다. 흑기사는 일행에게 약속을 하나 해 줄 것을 요청한다. 조금 있으면 지하인들이 와서 자신을 은의자에 묶을 것이고, 발작이 시작될 것이며, 끈을 풀어 달라고 빌고, 애원하고, 협박까지 할 텐데, 그렇더라도 절대 끈을 풀어 주면 안 된다는 게 그 내용이었다.

일행은 그러겠다고 약속한다. 그러나 놀랍게도 발작이 시작된 후 흑기사는 아슬란의 이름을 내뱉는다. "마지막으로, 날 풀어 줄 것을 간곡히 부탁하노라. 모든 공포와 모든 사랑에 맹세코, 지상나라의 밝은 하늘에 맹세코, 위대한 사자 아슬란 님의 이름에 맹세코 부탁하노니……"라고 말이다. 순간 일행 모두는 당황한다.

기사의 입에서 그들이 진실로 소중히 여기는 이름이 튀어나

오자마자 기사가 시키는 대로 한다면, 방금 전 어떤 일이 있어도 기사를 풀어 주지 않겠다고 서로 맹세한 것이 무슨 소용인가? 그러나 또 한편으로, 표시를 따르지 않는다면 그런 표시를 받은 것이 무슨 소용이 있는가? 아슬란은 진정 누구나, 심지어 미친 사람까지도 아슬란의 이름을 빌려 말하기만 하면 풀어 주라는 뜻이었을까? 단순한 우연은 아닐까? 혹은 지하나라의 여왕이 표시를 모두 알고 있다가, 단순히 그들을 궁지에 몰아넣으려고 기사에게 그 이름을 가르쳐 준 것은 아닐까? 그러나 또 이것이 정말 표시라면? 그들은 이미 세 개의 표시를 그르쳤다. 이제 와서 감히 네 번째 표시마저 수포로 만들 수는 없었다.

질은 어떻게 하는 것이 좋을지 알 수만 있다면 좋겠다고 한다. 이 순간 퍼들글럼은 단호하게 자신들은 이에 대해 알고 있다고 말한다. 퍼들글럼은 흑기사를 풀어 주고 나면 모든 일이 잘 풀릴 것이라고 확신했기 때문에 이런 말을 한 것이 아니다. 그것은 퍼들글럼으로서도 알 수 없는 일이다. 퍼들글럼은 앞으로 어떤 일이 벌어질지는 알 수 없지만, 아슬란의 표시를 따라야 한다는 사실만큼은 분명하다고 이야기한 것이다. 그러니 흑기사의 요구를 들어주어야 한다는 것이다. 결국 이들은 죽음을 각오하고 흑기사를 풀어 주기로 한다. 여러 가지 가능성이 있었고 그 가능성들은 매우 비판적이었지만, 그럼에도 불구하고 이들은 아슬란의 표시를 기억하고 그대로 받아들이는 쪽에 내기를 건다. 그리고 마침내 그가 릴리언 왕자였음이 밝혀진다. 이들이 릴리언 왕자를 찾을 수 있었던 것은 믿음의 결과였다.

마지막 시험을 치르다

이제 마지막 시험이 주어진다. 앞서 만났던 초록색 옷을 입은 여인, 지하나라 마녀와의 싸움이 그것이다. 이 싸움은 이제까지와는 달리 아슬란의 표시 없이 치러진다. 어쩌면 네 번의 표시를 통해 자신을 신뢰하는 법과 자신의 뜻을 발견하는 법을 가르친 후 마지막으로 아무런 표시 없이 이러한 지혜에 이르도록 하는 것, 이것이 아슬란이 이 마지막 시험에 부여한 의미일지도 모른다.

마녀와의 싸움은 나니아라는 나라가, 그리고 아슬란이라는 사자가 과연 실제로 있느냐 하는 것을 두고 벌어진다. 마녀는 마법을 걸어 일행의 정신을 혼미하게 한 후 나니아가 어디 있는지 이야기해 보라고 요구한다. 일행은 쉽게 대답하지 못하다가 잠시 후에 나니아는 꿈속의 세계에 지나지 않으며, 자신들이 알고 있는 유일한 세상은 바로이곳 지하세계라고 믿게 된다. 지하세계 위쪽에 태양이 있다는 것은 틀림없는 사실이라고, 아슬란은 있다고 항변해 보기도 하지만 마녀는 이에 대해서도 교묘한 논리로 반론을 제기한다. 태양이란 램프를 좀 더 완전하게 만들어 놓은 것일 뿐이며, 일행이 아슬란이라고 부르는 사자는 고양이를 보고 나서 그보다 더 크고 훌륭한 고양이를 갖고 싶으니까 생각해 낸 이름일 뿐이라고 말한다.

우리는 마녀가 부인하려는 대상(나니아 · 태양 · 아슬란)이 명백히 존재한다는 것을 알기 때문에 그 논리가 궤변이라는 것을 잘 알고 있다. 그러나 이들은 마법에 사로잡혀 있기에 속수무책으로 당하고 만다. 위기의 순간 퍼들글럼이 마지막으로 힘을 발휘한다. 퍼들글럼은 마법의 향기를 내는 불을 밟아서 짓이기는데, 불에 덴 고통으로 정신이 번쩍 든다. 그리고 이렇게 말한다.

"우리가 꿈을 꾸었다고 칩시다. 그 모든 것들 — 나무와 풀밭과 태양과 달과 별과 그리고 아슬란 님까지 모두 꿈이었다고! 혹은 우리가 지어냈다고 가정해 봅시다. 그렇다면 내가 할 수 있는 말은, 지어낸 것이 내 눈에는 실제 사물보다 훨씬 더 중요하게 보인다는 점이오. …… 당신이 옳다면 우리는 그저 장난이나 꾸며 대는 철부지 애들에 불과하오. 그렇더라도, 우리가 만든 가짜 세계가 당신의 진짜 세계보다 낫단 말이오. 그렇기 때문에 난 가짜 세계 편에 있겠소. 설령 우리를 이끌어 주는 아슬란 님이 존재하지 않는다 해도, 난 아슬란 님 편에 서겠소. 설령 나니아가 존재하지 않는다 해도, 난 나니아인답게 살기 위해 노력하겠단 말이오."

지금 퍼들글럼은 일종의 도박을 걸고 있다. 파스칼이 신이 있다는 쪽에 내기를 걸었던 것과 유사하게, 그는 지금 나니아가 있고 아슬란이 있다는 쪽에 내기를 걸고 있는 것이다. 그러나 마녀의 마법을 생각해 볼 때, 이것은 대단한 믿음의 발로이고 자신감의 표현이다. 나니아가 있고 아슬란이 존재한다는 믿음이 이러한 자신감을 불러낸 것이다. 이 이야기를 듣고 일행은 나니아와 아슬란에 대한 믿음을 회복하고, 마녀와 대적하여 싸워 이긴다. 이렇게 하여 마침내 모든 시험이 끝나고, 이들은 아슬란이 부여한 임무를 성공적으로 수행한다.

아슬란이 항상 표시를 보여 주는 것은 아니다. 설사 표시를 보여 준다고 하더라도 이 표시들이 눈에 쉽게 드러나는 것도 아니다. 그렇기 때문에 중요한 것은 믿음이다. 보이지 않는 것 이면에 감추어져 있는 아슬란의 뜻을 발견하고, 이를 실행에 옮기기 위해서는 믿음이 필요하다. 믿음은 보지 못하는 것들의 증거라고 하지 않던가. 이들 일행에게 배워야 할 것, 그것은 바로 믿음이다.

7. 마지막 전투

사자 가죽을 쓴 당나귀

〈마지막 전투〉는 꾀 많고 사악한 원숭이 시프트와 그의 친구인 어리석은 당나귀 퍼즐이 우연히 죽은 사자의 가죽을 발견하는 데서 이야기가 시작된다. 시프트는 이 가죽을 퍼즐에게 뒤집어씌운다. 퍼즐에게 아슬란 흉내를 내게 할 요량이었던 것이다. 시프트는 이를 탐탁지 않게 생각하는 퍼즐을 교묘한 논리로 설득한다. "어쩜 우리더러 나니아를 바로잡으라고 일부러 사자 가죽을 보내셨을지도 모르잖아"라고 말이다.

그렇게 해서 퍼즐은 사자의 가죽을 뒤집어쓰고 아슬란의 흉내를 내기 시작한다. 그런데 그 모습이 아주 가관이다. 사자와 당나귀의 생김새가 전혀 다르기 때문에 시프트는 퍼즐의 몸에 맞도록 사자 가죽을 이리저리 자르고 오려 붙인다.

퍼즐의 몸에 비해 사자의 몸통 부분은 너무 길고 목은 또 너무 짧았다. 그래서 몸통 부분을 싹둑 잘라 내어 퍼즐의 기다란 목에 맞도록 긴 깃을 만들었고, 머리를 자른 뒤 머리와 어깨 사이에 그 깃을 꿰매 달았다. 그 다음에는 퍼즐의 가슴과 배 아래로 묶을 수 있게 가죽 양쪽에 실도 이어 붙였다.

퍼즐은 진짜 사자를 본 적이 있는 사람이라면 아무도 사자라고 착각하지 않을 그런 모습이었다. 그러나 퍼즐이 사자와 닮아 보이는 것 또한 사실이었다. 퍼즐은 사자가 아니었지만 그가 뒤집어쓰고 있는 그 가죽은 분명 사자의 것이었다. 또한 퍼즐의 모습은 한 번도 사자를 본 적이 없는 사람이 멀리서, 혹은 희미한 불빛 아래서 본다면 사자라고 믿어 버릴 수 있을 만큼 닮아 있었다. 실제로 많은 동물들이 퍼즐을 아슬란이라고 착각했다. 영악한 시프트가 캄캄한 달빛 아래서, 동물들이 퍼즐에게 아주 가까이 다가가는 것을 철저하게 막은 채 그 모습을 드문드문 보여 주었기 때문이다.

말하자면 퍼즐은 사이비 아슬란이다. 사이비(似而非)는 문자적인 의미로 '비슷하지만(似) 같지 않음(非)'을 뜻한다. 그러니까 겉으로 보기에는 비슷하지만 속은 완전히 다른 것이 바로 사이비다. 세상에는 수많은 사이비들이 있다. 사이비 기자가 있고, 사이비 종교가 있고, 사이비 학설이 있다. 명품을 베낀 '짝퉁'들도 다 사이비다. 사이비는 도처에 널려 있다. 사이비가 생기는 것은 진짜가 가지고 있는 권위 때문이다. 그러나 권위가 없는 진짜를 모방한다는 것은 의미가 없다. 모방을 해 봐야 얻는 게 없기 때문이다. 그러므로 사이비가 있다는 것은 거꾸로 말하면 사이비가 모방하는 원본이 그만큼 권위 있는 존재라는 것을 의미한다. 퍼즐은 아슬란이 아니고, 또 아슬란과는 비교할 수 없을 만큼 우스꽝스러운 모습을 하고 있다. 그러나 퍼즐이 뒤집어쓰고 있는 외피(外皮)는 분명 아슬란과 같은 동족인 사자의 가죽이다. 이 가죽이 없다면 퍼즐은 사이비조차 되지 못했을 것이다. 사자의 가죽이 없었다면 시프트는 퍼즐을 아슬란처럼 꾸미려는 시도를 하지 않았을 것이다.

그러나 비슷한 것이 같은 것은 아니다. 무엇보다도 퍼즐의 명령으로 시행되는 여러 일들이 퍼즐과 아슬란의 차이를 잘 보여 준다. 시프트는 퍼즐의 명령이라면서 자유로운 나니아의 동물들을 노예로 부리면서, 숲의 나무들을 베어 이웃나라 칼로르멘에 팔아넘긴다. 이것은 나니아의 동물들을 말하는 동물로 만들고, 나니아에서 자유롭게 살아가도록 한 아슬란의 창조 목적과도 맞지 않고, 배신자인 에드먼드를 구하기 위해 자신의 목숨까지 내놓았던 아슬란의 모습과도 어울리지 않는다. 나무는 그 맺는 과실을 보고 알 수 있다. 이것이 바로 아슬란과 '사이비 아슬란' 퍼즐의 차이다.

사이비가 끼친 폐해

나니아의 백성은 퍼즐로부터 아슬란에 대한 그릇된 지식을 얻게 된다. 시프트의 명령에 질린 동물들은 아슬란을 점점 무서운 존재로 인식하게 된다. 새롭게 알게 된 아슬란의 모습은 그들이 이제까지 알고 있던 아슬란의 모습과는 매우 달랐다. 그들은 이런 아슬란이라면 믿지 않는 편이 낫겠다고 생각하기도 한다.

한편 티리언 왕은 퍼즐이 가짜 아슬란이라는 사실을 알게 되면 나니아 백성이 다시 아슬란 편으로 돌아오게 되리라고 생각한다. 그러나 그가 난쟁이들에게 퍼즐의 정체를 알렸을 때 이들은 아슬란에게 돌아오는 대신 그의 존재 자체를 부정한다. 이것이야말로 무서운 점이다. 이미 나니아 백성에게는 의식상의 기묘한 전도(顚倒)가 일어나 있다. 일단 아슬란의 자리를 차지하게 되자 퍼즐은 단지 아슬란에 대한 모사품으로서 존재하지 않는다. 만약 그 정도였다면 이 문제는 간단하게 해결되었을 것이다. 다시 말해 모사품인 퍼즐 대신 원본인 아슬란을 제자리로 돌려놓는 것으로 문제가 간단히 해결되었을 것이다. 그러나 아슬란의 자리를 차지한 퍼즐은 하나님의 존재 자체를 지워 버리고 그 자신이 추악한 원본의 위치를 차지하고 있다.

티리언 왕은 힘든 노역을 위해 무리를 지어 가는 난쟁이들과 만나게 된다. 티리언 왕은 이렇게 묻는다. "난쟁이들아, 티스로크 황제가 대전투를 벌여 이 땅을 정복하기라도 했다는 말이냐?" 그러자 난쟁이들은 아슬란이 시켰노라고 이야기한다. 아슬란의 명령이기에 이를 거스를 수가 없다는 것이다. 어떤 난쟁이는 차라리 티스로크가 나니아를 정복하는 꼴을 보았으면 좋겠다고 악담을 퍼붓는다. 이에 티리언 왕은 퍼즐을 보여 주며, 이제까지 나니아 백성이 속고 있었음을 알려 준다.

"봐라! 모든 게 다 거짓이다. 아슬란 님은 나니아에 오시지 않았다. 너희들은 원숭이한테 속았던 거다. 이걸 너희들에게 보여 주려고 마구간에서 끌고 나왔다. 자, 잘 봐라."

티리언 왕의 의도는 분명하다. 우선은 거짓 아슬란의 실체를 밝힘으로써 나니아를 바로잡고자 하는 것이고, 그 다음으로는 아슬란이 그런 분이 아니라는 것을 알림으로써 그에 대한 지식을 회복하고자 한 것이다. 그러나 난쟁이들의 반응은 매우 냉소적이다. 티리언 왕은 이 순간이 어느 때보다 감동적인 순간이 되리라고 생각했지만, 이들은 자신들이 속아 왔다는 사실에 대해 분개하면서 아슬란에 대해 더 이상 이야기하지 못하도록 한다. 난쟁이들의 대장인 그리플은 이렇게 말한다.

"우리가 바보 멍청인 줄 아는가 보군. 우린 이미 한 번 속았어. 그러니 또 속을 거라 생각하는 모양이지. 우린 더 이상 아슬란 이야기는 듣고 싶지 않소. 봐요! 저걸 봐! 기다란 귀를 가진 늙은 당나귀잖아!"

티리언 왕이 말했다.

"세상에, 미치게 만드는군. 누가 저것이 아슬란 님이라고 했나? 저건 원숭이가 꾸며 낸 가짜 아슬란 님이다. 이해가 안 되는가?"

그리플이 말했다.

"그러면 당신한텐 더 나은 가짜가 있나 보군! 됐소. 우리는 한 번은 속았지만 두 번 속지는 않을 거요."

난쟁이들에게 아슬란은 다만 퍼즐을 의미할 뿐이다. 퍼즐이 가짜 아슬란이라는 사실을 인정할 수 있다고 하더라도, 이것은 진짜 아슬란이 있다는 사실을 의미하지는 않는다. 티리언 왕이 진짜 아슬란에 대해 이야기할 때, 이들은 그 아슬란을 또 다른 가짜로 이해한다. 설혹 그것이 좀 더 나은 아슬란이라고 하더라도, 그것은 가짜와 대비되는 진짜가 아니라 좀 더 나은 가짜일 뿐이라는 것이다.

나중에 그리플은 시프트에게 아슬란을 보여 달라고 이야기한다. 퍼즐이 이미 사라져 버렸기에 시프트는 더 이상 퍼즐을, 멀리서나마 보여 줄 수가 없다. 시프트는 나름의 논리를 만들어 낸다. 매일 밤 모습을 드러낸 것이 과분한 친절이었다고 판단한 아슬란이 화가 나 있어서 이제 더 이상 모습을 드러내지 않을 거라는 것이다. 그러나 그리플은 이렇게 말한다.

"원숭이가 하는 말 좀 들어 봐. 우리는 왜 저놈이 자기의 귀중한 아슬란을 밖에 내보이지 않는지 알아. 내가 그 이유를 너희들에게 말해 주지. 원숭이한테는 애초에 아슬란이 없었어. 등에 사자 가죽을 뒤집어쓴 늙은 당나귀밖에 없었어. 원숭이는 이제 그것을 잃어버려 어찌해야 좋을지 몰라 저러는 거야."

그리플에게는 시프트의 말이 티리언 왕이 했던 말과 전혀 다르지 않다. 티리언 왕의 말은 진실이었고 시프트의 말은 거짓이었지만, 그리플에게는 이들의 말이 똑같이 거짓이다. 이것은 진짜 아슬란과 가짜 아슬란이 있는 것이 아니라 가짜 아슬란만이 있는 것으로 이해되는 것과 같은 현상이다.

이제 아슬란의 존재는 원래부터 없었던 것이 되고 만다. 사자 가죽을 뒤집어쓴 퍼즐이 아슬란의 모양을 본뜬 모사품으로 있었던 것이 아니라 오히려 아슬란이라는 존재가 사자 가죽을 뒤집어쓴 퍼즐의 모양을 본떠 좀 더 완벽하게 만든 상상의 존재로서 이해되는 것이다. 이런 기묘한 전도는 역사를 통해 익히 보아 온 바와 같다. 대표적인 예로, 포이어바흐는 '신(神)은 인간에 대한 우리 자신의 이해를 반영하는 존재로서, 우리가 인간에게 부여하는 어떤 이미지를 가장 완벽하게 구현해 놓은 존재'라고 이해했다. 그리플이 아슬란에 대해 바로 이렇게 이해하고 있다. 그리고 이것이야말로 거짓 아슬란이 끼친 가장 심각한 해악이다.

아슬란과 타슈는 하나다!

나니아 백성에게 아슬란에 대한 거짓 지식을 전하는 또 다른 존재가 있다. 그는 바로 '타슐란'이다. 시프트는 나니아 백성에게 이렇게 말한다.

"타슈 신은 아슬란 님의 또 다른 이름이야. 우리만 옳고 칼로르멘 사람들은 나쁘다는 옛날 생각은 어리석은 생각이다. 이 제 너희들은 더 많은 것을 알게 될 게다. 칼로르멘 사람들이 다른 말로 표현한다 해도 결국은 똑같은 뜻이야. 타슈 신은 너희가 알고 있는 그분의 또 다른 이름이야. 그러니까 두 분 사이에는 어떤 불화도 있을 수 없어. 바보 같은 창조물들아, 똑똑히 새겨들어라. 타슈 신은 아슬란 님이야, 아슬란 님은 타슈 신이고.”

나니아 백성은 이 말을 이해할 수가 없다. ‘팔이 네 개에다 머리는 독수리 모양’이고, 인간을 죽여 자신에게 제사를 지내게 하는 타슈 가 아슬란과 같은 존재라니. 이들은 타슈라는 신이 존재한다는 사실 부터 의심스러웠으며, 설사 그런 신이 있다고 하더라도 아슬란이라 면 이런 신과는 친구가 될 수 없으리라고 생각했기 때문이다. 그래서 이들은 몹시 당황하고 또 슬퍼한다. 이 이야기를 옆에서 듣고 있던 티리언 왕은 자기 백성의 피를 먹고사는 그 무시무시한 타슈 신이 어 떻게 모든 나니아 백성을 자신의 피로 구한 선량한 사자와 같은지 묻 고자 했다. 그러나 티리언 왕은 이 말을 꺼내기도 전에 입막음을 당 하고 만다.

타슐란은 바로 이 대목에서 탄생한다. 아슬란이기도 하고 타슈이 기도 하며, 타슈인 동시에 아슬란인 이 새로운 신의 이름이 바로 ‘타 슐란’이다. ‘타슐란’은 매우 뛰어난 발명품이다. 이름을 잘 지었다는 것이 아니라 이름을 붙인 것 자체가 매우 뛰어난 발상이라는 것이다.

이름이 있는 것과 없는 것의 차이는 매우 크다. 우리는 종종 어떤 것에 이름이 붙어 있다면, 이름이 붙어 있는 그것은 실제로 존재한다고 생각한다. 이것이 이름이 지니고 있는 무서운 힘이다. 또한 이름은 다양한 속성들을 한 곳에 모아 담을 수 있는 그릇이다. 타슐란이라는 이름은 아슬란과 타슈가 같은 존재라는 환상을 심어 주기에 매우 효과적인 도구다. 타슐란이라는 이름과 더불어 아슬란은 타슈 신과 혼합된 새로운 존재로 거듭난다. 타슐란이 되어 버림으로써 아슬란은 타슈가 가지고 있던 모든 속성들을 고스란히 물려받는다.

아슬란은 아슬란이 아니라 타슐란이기에, 이제 그가 타슈처럼 행동한다고 하더라도 그것은 전혀 이상할 것이 없는 상황이다. 그뿐 아니라 타슐란은 타슈의 속성은 매우 강하게 드러내지만 아슬란이 가지고 있는 속성은 전혀 드러내지 못한다. 타슐란은 사실상 타슈와 혼합된 아슬란이 아니라 타슈 그 자체였던 것이다. 이 점에서 타슐란은 거짓 아슬란이었던 퍼즐이 그랬던 것과는 또 다른 방식으로 아슬란에 관한 지식을 흐려 놓는다. 타슐란은 말하자면 아슬란의 본질을 흐려 놓는 이물질이다.

티리언 왕이 시프트를 비롯한 사악한 무리들과의 싸움을 시작할 때 제일 먼저 확인해 두고자 한 것도 바로 이것이다. 티리언 왕은 이렇게 말한다.

"여기, 나니아의 왕 티리언이 왔다. 아슬란 님의 이름과 내 목을 걸고 맹세하노라. 타슈는 사악한 악마이고, 원숭이는 반역자이며, 이 칼로르멘 병사들은 죽어 마땅한 자들이다. 진실한 나니아 국민들은 내 편에 서라. 새로운 지배자가 너희들을 하나씩 다 죽일 때까지 가만히 앉아서 기다릴 텐가?"

티리언 왕은 무엇보다도 앞서 아슬란의 이름을 회복하려 한다. 아슬란에게 달라붙어 있는 이물질인 타슈를 떼어 내고, 타슈를 사악한 악마로 규정한다. 타슈는 아슬란과 동일한 존재가 아닐 뿐 아니라 사악한 악마이기에 아슬란과 함께 자리를 할 수 없다. 아슬란을 대신하려 하거나 아슬란을 타슐란으로 만들고자 하는 모든 세력들과 치르는 전투, 이것이야말로 마지막 날에 티리언 왕이 수행해야 할 마지막 전투의 요체였던 것이다.

타슈는 과연 존재했던 것일까

〈마지막 전투〉를 읽다 보면 고개를 갸우뚱하게 만드는 장면들이 곳곳에 등장한다. 특히 타슈와 관련된 장면들이 그렇다. 아슬란을 믿는 나니아 백성이 생각하기에 타슈는 존재하지 않는다. 만약 타슈가 존재한다면, 그는 나니아 백성에게 아슬란이 신인 것과 마찬가지로, 타슈는 칼로르멘 사람들의 신이 될 것이다. 칼로르멘 사람들이야 타슈를 자신들의 신이라고 생각할 수 있겠지만, 나니아 백성은 그럴 수 없다. 아슬란은 나니아를 포함한 모든 세계의 유일한 창조주이기 때문이다. 유일하다는 것은 나니아 외에는 참된 신이 존재할 수 없다는 것을 의미한다.

그런데 타슈가 나타난 것이다. 타슈는 있었던 것이다! 이것은 어찌 된 일일까? 타슈가 나타나는 장면을 어떻게 이해해야 할까? 아슬란 이 타슈를 대하는 태도에서 타슈가 어떤 존재인지 추측해 볼 수 있 다. 아슬란은 타슈가 리슈다에게 달려들어 그를 잡아채자 이렇게 말 한다.

> "괴물아, 떠나라, 네 합법적인 포로를 데리고 원래 있던 곳으 로 가라. 아슬란과 아슬란의 위대한 아버지 바다 황제의 이름 으로 명한다."

'합법적인 포로' 라는 표현이 귀에 익다. 이것은 〈사자와 마녀와 옷 장〉에서 배신자 에드먼드를 향해 하얀 마녀가 썼던 표현이다. 타슈에 대해 딱 부러지는 설명을 할 수는 없지만, 이 표현을 참고해서 타슈 의 지위가 이 마녀와 비슷한 것이 아닐까 하고 생각해 볼 수 있다. 마 녀는 나니아와 그 이웃 나라에 사는 사람들에 비해 대단히 뛰어난 능 력을 소유하고 있지만, 신적인 존재도 아니고, 아슬란과 비교할 만한 지위를 가지고 있지도 않다. 그녀의 능력은 사형집행인이라고 하는 특정한 역할을 위해 바다 황제로부터 부여받은 것일 뿐이다. 아마 타 슈도 비슷한 경우일 것이다. 그 역시 바다 황제로부터 어떤 역할을 부여받은 것일 뿐 그가 신적인 존재이거나 아슬란을 대신할 만한 그 런 존재는 아니라는 이야기다.

타슈와 관련하여 또 하나 중요한 사실이 있다. 그것은 타슈가 칼로르멘 사람들의 부름을 받고 나니아로 오게 되었다는 점이다. 티리언 왕이 리슈다를 껴안고 마구간 안으로 들어갔을 때, 타슈는 리슈다를 향해 이렇게 이야기한다.

> "리슈다, 네 놈이 나를 나니아로 불렀지. 내가 여기 왔다. 무슨 할 말이 있느냐?"

타슈는 칼로르멘 사람들의 부름에 대한 응답이다. 이것은 마치 새벽출정호에 승선했던 사람들이 '어둠의 섬'을 지날 때 자신의 꿈이 현실로 나타나는 경험을 하는 것과 유사하다. 어둠의 섬에서 이들이 맞닥뜨리게 되는 것은 애써 잊으려 했던 무시무시한 과거의 꿈들이다. 과거의 꿈이 현실화되는 것은 이 꿈을 두려워하는 사람들이 있기 때문이다. 말하자면 이 두려운 마음이 꿈을 불러낸 것이다. 타슈가 현실이 되어 나타나는 것 역시 그를 부르는 사람들의 부름이 있기 때문이다. 이 부름 없이 타슈는 결코 현실화되지 않는다.

타슈가 동일한 모습으로 칼로르멘 사람들에게 나타나지 않는 것은 바로 이 때문이다. 칼로르멘 사람들 각각은 저마다 타슈에 대한 하나의 상(像)을 가지고 있다. 타슈는 이들이 그리고 있는 각각의 상으로 나타난다. 독수리 머리에다 팔이 네 개나 달려 있고, 두 눈을 희번덕거리며 부리를 딱 벌리고 있는 타슈의 형상은 칼로르멘 사람들이 그려 왔던 타슈의 모습과 다르지 않다. 타슈가 잔인하고 사악한 괴물이라는 것 역시 이들이 알고 있었던 내용과 일치한다. 반면 디슈에 대한 진실한 신앙을 가지고 있었던 에메스에게 타슈는 이러한 모습으로 등장하지 않는다.

에메스의 믿음

사실 에메스는 나니아 연대기의 이야기 전체를 통틀어 가장 특이한 인물 중 하나다. 그는 타슈에 대한 신앙이 지극한 사람이다. 그는 타슈를 만나고자 하는 열망이 강했고, 리슈다가 타슈에 대한 신앙심도 없으면서 이를 이용하는 데 매우 분개한다. 사람들이 '타슐란'이 있는 마구간 속으로 들어가기를 주저할 때 그는 단연코 그곳으로 들어가고자 한다. 고양이 진저가 그곳으로 들어갔다가 말 못 하는 고양이로 변한 채 끔찍한 비명을 지르면서 도망쳐 나오는 것을 보고도 말이다.

그의 신앙심은 자신의 목숨조차 하찮게 여기게 한다. 타슈를 만날 수만 있다면 그는 죽어도 좋다고 생각한 것이다. 마침내 그가 마구간 속으로 들어갔을 때, 놀랍게도 그는 푸른 하늘과 드넓은 땅이 보이고 향기로운 냄새가 코를 찌르는 나라를 발견하게 된다. 사람들을 공포로 몰아넣었던 사악한 괴물 타슈는 어디에도 없다. 대신 그는 그곳에서 타슈가 아닌 아슬란을 만나게 된다.

아슬란은 에메스에게 "아들아, 환영한다"라고 말한다. 에메스가 믿었던 것이 아슬란이 아니라 타슈였음에도 불구하고, 그는 이렇게 에메스를 따뜻하게 맞이한다. 에메스는 이렇게 묻는다. "사자이시여, 그럼 타슈 신과 당신이 같은 분이라는 원숭이의 말이 사실입니까?" 그러자 아슬란은 분노에 가득 찬 목소리로 거짓이라고 말한다. 그리고 이렇게 덧붙인다.

> "타슈와 나는 하나가 아니라 적이기 때문에 타슈에 대한 네 정성이 사실은 나에 대한 정성이 되는 것이다. 그 말은 곧 타슈와 나는 아주 다른 존재이며, 사악한 정성이 타슈를 섬기는 방법이듯, 선한 정성은 나를 섬기는 방법이라는 뜻이다. 그런 까닭에 누군가가 타슈의 이름에 대고 맹세한 뒤 그것을 지킨다면, 진정으로 한 맹세는 나한테 하는 것이 되느니라. 비록 본인은 그 사실을 모르더라도 그 맹세에 보답하는 이는 바로 나다. 어떤 이가 잔인한 짓을 저지른다면, 설사 그 사람이 아슬란을 믿는 자라 할지라도 그 사람은 타슈를 섬기는 것이 되며, 그 사람의 행위를 인정해 주는 이 역시 바로 타슈인 것이다. 아들아, 무슨 뜻인지 알겠느냐?"

타슈에 대한 선한 정성이 자신을 섬기는 한 방법이 될 수 있다고 하는 아슬란의 말은 사실 이해하기가 쉽지 않다. 분명한 사실을 몇 가지 이야기하면 이렇다. 누군가가 타슈의 이름으로 맹세하고 그것을 지킬 때 그 맹세에 보답하는 것은 아슬란이다. 따라서 타슈에게 맹세한 결과로 무엇인가를 얻었다고 해서 그것을 타슈가 참된 신이라는 증거로 생각해서는 안 된다. 타슈를 비롯한 어떤 신이든 선한 정성으로만 섬기면 그것은 아슬란을 섬기는 것과 똑같다고 생각해서도 안 된다. 아슬란은 매우 분명한 목소리로 타슈와 자신이 하나가 아니라고 말한다. 타슈를 섬기는 선한 정성을 자신을 섬기는 방법으로 인정해 주는 것은 전적으로 아슬란의 은혜에 속한다. 이 둘을 혼동해서는 안 된다.

마지막으로 아슬란을 섬기고 있더라도 그것이 타슈를 섬기는 것이 될 수도 있음을 주의해야 한다. 타슈가 칼로르멘 사람들이 불러낸 거짓 신인 것과 마찬가지로, 아슬란을 믿는다고 하는 사람들도 자기 마음대로 아슬란을 불러낼 수 있다. 예를 들면 자신이 원하는 것을 다 들어주고, 자신이 필요로 하지 않을 때는 저 멀리 물러가 있는, 그런 아슬란을 불러낼 수 있다. 물론 이런 아슬란은 가짜다. 이런 아슬란을 섬기는 것은 참다운 의미에서 아슬란을 섬기는 것이라고 할 수 없다. 이것은 타슈를 섬기는 것과 다를 것이 하나도 없다. 그러므로 아슬란을 섬긴다고 하면서, 실상은 자신이 원하는 대로 아슬란을 섬기지 않도록 주의해야 한다.

아슬란에 관한 참된 지식

티리언 왕이 아슬란에 관해 떠도는 소문을 듣고 직감적으로 음모가 개입해 있을 것이라고 생각하고, 아슬란이 타슈와 동일한 존재라는 사실에 대해 그 즉시 잘못이라고 이야기할 수 있었던 것은, 그에게 아슬란에 관한 참된 지식이 있었기 때문이다. 그는 아슬란이 나니아를 창조했을 때의 일과 배신자를 대신하여 아슬란이 자신의 피를 흘렸던 일을 잘 알고 있었다. 그랬기에 사람들의 피를 요구하는 타슈가 아슬란과 같은 신일 수 없음을 항변하고 나설 수 있었던 것이다.

반면 나니아 백성이 쉽게 시프트의 계략에 넘어갔던 이유는 그들에게 이러한 지식이 없었기 때문이다. 그들은 단지 아슬란의 명령이라는 이유 때문에, 그 명령이 과연 아슬란으로부터 온 것인지 물을 수 없었다. 감히 물을 수 없었기 때문이기도 하지만, 아슬란이 자신들의 자유를 옥죄고 노예로 부리는 그런 존재일 수 없다는 사실을 증명할 수 있는 밑바탕, 아슬란에 관한 참된 지식이 없었다는 것이 더 큰 이유다.

결국 중요한 것은 아슬란에 관한 참된 지식이다. 아슬란을 알되 바로 아는 것이 중요하고, 아는 대로 믿는 것이 중요하다.

에필로그

　지금까지 아슬란에 대한 참지식이 중요하다는 얘기를 여러 번 했다. 그럼 이런 질문이 떠오를 수 있겠다. 도대체 얼마만큼의 지식이 필요할까? 얼마나 알아야 정말 안다고 할 수 있을까?

　나니아 이야기에는 이 부분에서 많은 걸 시사하는 캐릭터가 하나 있다. 〈마지막 전투〉에 등장하는 말하는 곰이다. 말하는 곰이긴 해도 이 곰은 영리한 것과는 거리가 멀다. 등장할 때마다 "난 이해가 안 돼"를 연발하는 것만 봐도 알 수 있다.

　곰이 나오는 장면을 따라가 보자. 첫 번째, 못된 원숭이 시프트가 말하는 동물들에게 아슬란의 명령이라며 칼로르멘에서 강제노역을 지시하는 장면이다. 아슬란이 자신을 칼로르멘의 노예로 판다는 말에 경악하는 동물들에게 시프트는 열심히 일하면 나니아가 살기 좋은 나라, 오렌지와 바나나와 도로와 대도시와 관공서와 채찍과 재갈

과 안장과 새장과 개집과 감옥이 넘쳐 나는 나라가 될 거라고 안심시
킨다.

바로 이 대목에서 우리의 곰이 곰답게 한마디 한다.

늙은 곰이 말했다.
"그런 건 다 필요 없어요. 우리는 단지 자유롭게 살고 싶어요.
아슬란 님께서 직접 말씀하시는 걸 듣고 싶습니다."

곰은 나니아가 말하는 동물들이 자유롭게 사는 나라라는 것을 알
고 있다. 그리고 그것이야말로 아슬란이 말하는 동물들에게 원한 삶
이라는 것을 알고 있다. 그렇기 때문에 아무리 아슬란의 이름으로 요
구한다 해도 이제까지와는 정반대인 삶을 그대로 받아들일 수 없었
던 것이다. 나니아 나라가 어떤 곳이며, 그 백성인 말하는 동물들이
어떤 존재인가는 그렇게 손바닥 뒤집듯 뒤집을 수 있는 문제가 아니
다. 그러므로 곰이 아슬란의 말을 직접 듣고 싶어 하는 건 정당한 요
구이자 아슬란에 대한 참된 믿음의 표현이다.

곰의 요구에 시프트는 그 특유의 궤변을 늘어놓는다.

"따질 생각은 하지 마…… 난 인간이야, 넌 뚱뚱하고 멍청한
늙은 곰일 뿐이고. 네까짓 게 자유에 대해 뭘 알아? …… 진정
한 자유는 내가 시키는 대로 하는 거야."
"어— 어—허."

곰이 툴툴거리며 머리를 긁었다. 곰은 이해가 잘 가지 않을 때면 이런 행동을 했다.

곰은 나니아가 자유로운 나라임을 알고, 그 자유를 누리며 살아왔다. 그러니 원숭이 시프트가 시키는 대로 하는 게 진정한 자유라는 말을 이해할 수 없다. 많은 것을 알진 못했지만 곰은 본질을 꿰뚫고 있었다. 시프트의 말에 근사한 반론을 내놓지는 못했어도, 그게 아니라는 것 정도는 느끼고 있었다.

그런데 다른 동물들은 어떨까. 그들은 곰이 알고 있는 것을 몰랐을까? 영리한 고양이 진저는 곰과 정반대의 모습을 보여 준다. 진저는 곰이 알고 있던 이야기(아슬란은 나니아를 창조했고, 나니아 백성을 자기 목숨을 바쳐 구했고, 말하는 동물들이 자유롭게 살기를 원한다)는 물론 곰이 모르는 이야기들(아슬란과 타슈는 같은 존재이며, 아슬란도 타슈도 없다)까지 알게 된다. 그런데 그 둘은 서로 상반된다. 둘 다 옳을 수는 없다. 진저는 둘 중에서 후자를 택한다. 그런데 진저는 어떻게 후자가 옳다는 것을 알았을까? 이 질문을 진저에게 했다면 아마 코웃음을 쳤을 것이다. 그는 (타슈 신이나 아슬란 님에 대해서) 어느 것이 옳은지에는 '아무런 관심도 없고 자기 이익만 쫓는' 자였기 때문이다. 시프트의 주장(아슬란과 타슈는 같은 존재다)과 리슈다의 주장(둘 다 존재하지 않는다)은 나름의 분명한 철학을 갖고 있던 진저에게 그야말로 인생의 나침반이요 계시였을 것이다.

그러나 곰의 나침반과 계시는, 리슈다가 말하는 동물들을 타슈 신이 와 있던 마구간으로 집어넣으려 몰아대는 순간 티리언 왕이 뛰쳐 나오며 외친 말이다. 그는 말하는 동물들을 향해 이렇게 외쳤다. "아 슬란 님의 이름과 내 목을 걸고 맹세하노라. 타슈는 사악한 악마이 고, 원숭이는 반역자이며, 이 칼로르멘 병사들은 죽어 마땅한 자들이 다. 진실한 나니아 국민들은 내 편에 서라. 새로운 지배자가 너희들 을 하나씩 다 죽일 때까지 가만히 앉아서 기다릴 텐가?"

티리언 왕은 나니아 국민을 헷갈리게 만들었던 그간의 상황을 분 명하게 정리해 준다. 그리고 과연 어느 쪽의 말이 맞는지 선택하는 문제만 남는다. 많은 동물들은 여전히 주저하며 티리언에게 이렇게 호소한다. "감히 어떻게 그럴 수 있겠어요. 타슐란 님께서 화를 내실 텐데요. 타슐란 님으로부터 우릴 보호해 주세요."

하지만 티리언은 벌써 보호책을 제시했다. 타슐란이라는 가짜 신 으로부터 보호받는 유일한 방법은 그를 거부하고 진리 편을 택하는 것뿐이다. 그런데 그 유일한 보호책, 진리의 편에 서는 걸 주저하면 서 타슐란으로부터 자신을 보호해 달라니. 하지만 그때 티리언 왕에 게로 달려온 몇몇 동물들이 있다. 먼저 말하는 개들이 달려온다. "잘 오셨습니다! 우리가 돕겠습니다. 꼭 도와드리겠습니다. 돕고말고요. 어떻게 도와야 하는지 알려만 주십시오. 어떻게 할까요? 어떻게, 어 떻게?"

그리고 뒤이어 생쥐, 두더지, 다람쥐, 그리고 멧돼지와 곰이 달려 온다. 그들은 티리언 왕의 부름에서 타슐란으로부터 보호받는 길을 보았던 것이다. 그러나 곰은 직후에 벌어진 전투에서 그만 목숨을 잃고 만다.

> 곰은 땅바닥에 누워 힘없이 몸을 뒤척이고 있었다. 그러나 그
> 곰은 마지막 순간까지도 어리둥절해하면서 쉰 목소리로 중얼
> 거렸다.
> "나, 난 이해가 아, 안 돼."
> 그러던 곰은 마치 어린아이가 잠드는 것처럼 소리 없이 커다
> 란 머리를 풀밭에 내려놓았다. 그리고 다시는 움직이지 않았
> 다.

사실 전체 상황을 모두 파악하고 그 의미까지 속속들이 이해하고
나서야 할 수 있는 일이 얼마나 되겠는가. 이해가 잘 안 되어도 자신
이 아는 진실에 따라 주어진 상황에서 최선을 다하는 것이 우리에게
주어진 몫이다. 곰뿐 아니라 티리언 왕에게도 이해할 수 없는 부분은
많았다. 왜 나니아의 착한 백성이 괴로움을 겪고 죽어야 하는지, 아
슬란은 지금 어디 있는지, 왜 '내가' 이런 혼란을 겪어야 하는지, 과
거 평화롭게 잘 살던 선조들과 지금 그의 삶을 비교할 때 너무 불공
평한 것이 아닌지.

아슬란은 많은 경우 숨겨진 존재이고, 나니아의 역사적 의미 또한
그러하다. 아슬란은 수많은 '왜'에 다 답해 주지 않는다. 그러나 그
는 자기 목숨을 버려 나니아 백성을 구했고, 그것이 아슬란의 진심을
믿을 수 있는 근거다. 나니아 백성이 참으로 알아야 할 것은 아슬란

의 그러한 진심이다. 그리고 아슬란이 그들에게 바란 대로 자유로운 삶을 살아가야 하고, 그 자유를 억압하는 거짓 세력에 맞서 싸워야 하며, 어떻게 그런 세력과 싸울 수 있는지 물어야 한다.

아슬란이 나타나 나니아의 역사가 끝나고 새로운 나라가 시작되었을 때, 그 자리에 곰도 와 있었다. 작가는 그 곰을 "착한 곰"이라고 부르고 있다.

곰은 아직도 이해가 안 간다고 중얼거리려다 그들 뒤에 있는 과일 나무를 보고는 나무 쪽으로 열심히 걸어갔다. 틀림없이 그곳에서 그 곰은 아주 잘 아는 무언가를 발견했을 것이다.

착한 곰이 발견한 '아주 잘 아는 무언가'는 뭘까? 꿀? 글쎄, 그럴 수도 있겠다. 세상은 이해할 수 없는 일로 가득한 곳이다. 그래서 곰처럼 "나, 난 이해가 아, 안 돼"라고 말할 수밖에 없을 때가 많다. 착한 곰처럼 '이익'이 아닌 '진실'을 좇아 어수룩하게 살아가는 것이 답답하긴 하다. 그렇게 살아갈 때 당장 어렵고 힘들 수도 있다. 그러나 '그곳'에 가면 귀로만 듣고 '청동거울로 보는 것처럼 희미하게' 알았던 아슬란의 진심을 '얼굴과 얼굴을 마주 대하는 것처럼' 보고 확인하고 기뻐하게 될 것이다. 그리고 우리가 '아주 잘 아는' 무언가를 발견할 수 있을 것이다.